RECLAMATA DALLO ZANDIANO

RENEE ROSE

REBEL WEST

Traduzione di
EMA FERRARI

RENEE
ROSE
claimed by love

 Creato con Vellum

OTTIENI IL TUO LIBRO GRATIS!

Iscrivetevi alla newsletter di Renee per ricevere Indomita, scene bonus gratuite e notifiche riguardo a nuove pubblicazioni!

https://subscribepage.com/reneeroseit

CAPITOLO UNO

ina

Z Mi chinai e strinsi in un abbraccio la bambina che sentivo come mia. «Non piangere. Va tutto bene, tesoro.» Mi avvolse le braccia intorno alla vita e tirò su col naso, i capelli sciolti appena tagliati mi solleticarono il mento. «È per tenerti più al sicuro.»

Una fitta di preoccupazione mi trafisse il petto mentre la abbracciavo. Non piangeva quasi mai. La gamba malata mi faceva male e mi spostai per alleviare il dolore lancinante lungo il nervo. Tutto il camminare degli ultimi tempi l'aveva infiammata e gonfiata.

Un uccello mari serale fece un verso in alto e io alzai lo sguardo per scrutare il cielo. «Dobbiamo tornare indietro.» La lasciai andare delicatamente, poi spinsi i suoi riccioli scuri e i miei ramati nella buca poco profonda che avevo scavato con lo stivale nel campo incolto. Un po' di terra e rocce li avrebbero nascosti.

«Mi dispiace, Enya.» Mi infilai in tasca la pietra affilata, quella che avevo usato come coltello. «Sai che i tuoi bei capelli attirano troppo l'attenzione dei maschi ocreziani. Meglio tenerli così.» Le passai una mano sulle estremità ispide. «Indossa sempre il cappuccio. E continua a fare quella cosa del fango sulla pelle solo un po'. Non troppo.» Allungai il polpaccio piantando il piede a terra e sporgendomi in avanti: a volte questo aiutava.

Lei tirò su con il naso. «Non è per i capelli. È... cosa succederà dopo?»

L'avevo trascinata qui per tagliarglieli perché avevo visto alcune guardie guardarla maliziosamente. Aveva solo nove cicli solari, ma ciò non avrebbe impedito a quei mostri di usare il suo corpo per piacere se fossero riusciti a trovare un modo per farlo senza che il padrone lo scoprisse.

La strinsi a me, le sue spalle ossute mi erano familiari quanto la mia stessa mano, desiderando di poter magicamente trasportare entrambe fuori da questo buco infernale. In un posto sicuro e gentile, dove le femmine umane non venivano usate per il lavoro, il sesso e qualsiasi altro uso immaginato dagli ocreziani.

«Il padrone mi ha riapprovata come tua tutrice fino alla fine di questo ciclo solare.» Mi sforzai di aggiungere una cadenza positiva alla mia voce. «Quindi va tutto bene.» La bambina era stata la mia apprendista nelle faccende domestiche del padrone fin da quando aveva solo quattro cicli solari. Spesso mi venivano affidate le schiave più giovani da occupare e addestrare poiché il mio lavoro era più flessibile di quello delle altre schiave.

Alzò la testa e i suoi occhi verdi, attraversati da un sottile filamento rosso, brillarono di umidità. Era una bellissima ragazza, di una bellezza devastante, con capelli scuri, pelle pallida e grandi occhi verdi. Le fossette e le labbra a cuore avevano aiutato quando era più piccola: persino gli orribili ocreziani l'avevano considerata carina per essere un'umana. Ma ora era proprio questo a preoccuparmi.

«E quando scadrà il tempo?» Si aggrappò a me con le manine, come se tenermi vicina in questo modo potesse garantirle sicurezza. «Tra meno di tre cicli solari sarò maggiorenne.»

«Non lo so.» Deglutii a fatica. «Non per certo.»

Invece lo sapevo.

Una volta compiuti dodici cicli solari, avrebbe potuto, secondo le regole ocreziane, essere messa all'asta sul libero mercato. E sapevamo entrambe per cosa sarebbe stata comprata: procreazione o piacere. Peggio ancora, però, saremmo state separate. Ed eravamo diventate una famiglia, lei e io.

Il padrone avrebbe potuto tenerla, ovviamente, come schiava domestica, come me, per farle crescere altre schiave giovani e fare le pulizie e i lavori domestici. Avrebbe anche potuto venderla a una fattoria agricola, per la raccolta dei prodotti.

Ma l'avevo sentito parlare con altri ocreziani di come le giovani umane vergini fossero state valutate grandi quantità di stein, anche quelle non addestrate al sesso. *Soprattutto* quelle non addestrate al sesso. Si era vantato di avere il maggior numero di giovani umane prossime alla maturità in tempo per la prossima asta. Enya sarebbe stata probabilmente una di loro quando avesse compiuto dodici anni. Ed era troppo intelligente perché io potessi nasconderglielo.

«Mi porteranno via, in un posto peggiore.» Le si spezzò la voce. «E tutto quello che voglio è…» Si interruppe.

Le parole successive mi gelarono il cuore. «Ogni volta che spero in qualcosa, o amo qualcosa, mi viene portato via. A volte penso che forse non ne valga più la pena.»

Questa bambina non era mia, eppure non l'avrei amata di più neanche se fosse stata la mia carne e il mio sangue. L'avevo allevata da quando era stata comprata da un allevatore di schiavi quando era piccola.

«Troveremo un modo per stare insieme» le promisi, anche se non riuscivo a immaginare quale avrebbe potuto essere. Dovevo fare tutto il necessario. «Oppure mi assicurerò che tu vada in un posto decente.»

Premetti il suo corpo snello contro il mio. Io ero relativamente al sicuro dal commercio: con la mia sterilità forzata a causa degli impianti e la mia gamba permanentemente ferita, non valevo molto.

Ma lei avrebbe avuto una possibilità, se fossi riuscita a trovare un modo per portarla in un posto migliore. «Non dirlo» risposi con tono aspro. «Gli esseri umani non si arrendono. Enya, da qualche parte là fuori, tra le stelle, tua madre e i tuoi fratelli ti pensano.»

Se non erano morti. Probabilmente erano morti molto tempo fa. Non lo avremmo mai saputo. Questo faceva parte del dolore di essere un essere umano in questa galassia.

«Non lo so.» La sua voce era svogliata.

«Troveremo una soluzione» le promisi, soffocando le lacrime. «Siamo intelligenti e forti. Credilo nel tuo cuore. Fallo per me.»

Lei annuì e si zittì, e rimanemmo così per un po', con la brezza che soffiava contro di noi e i soli al tramonto che scintillavano sopra di noi, ingannevolmente adorabili mentre brillavano su questo pianeta pieno di crudeltà. Ma non potevamo indugiare: dovevo andare in caserma per il check-in notturno.

Era stato impegnativo anche solo ottenere questo incarico, ovvero portare le provviste ai braccianti agricoli. Mi aveva concesso un breve lasso di tempo per portarla via di nascosto per i nostri tagli di capelli clandestini.

«Se qualcuno chiede dei capelli, di' semplicemente che siamo state infestate dai pidocchi del grano mentre camminavamo attraverso i campi vicino ai boschi, e che dovevano essere tagliati.»

Avevo già usato questa scusa una volta. A nessuno importava molto di me, ma il padrone stava iniziando a tenere un controllo più severo su Enya. Questa avrebbe potuto essere l'ultima volta che riuscivo a farla franca nel tentativo di nascondere la sua bellezza.

«Vorrei che potessimo usare quella roccia tagliente per uccidere il padrone.»

«Anch'io. Ma non possiamo.» Ci avevo pensato incessantemente, ma anche se ci fossimo riuscite, non ci sarebbe stato nessun posto dove andare. Gli schiavi che arrecavano danni agli ocreziani qui venivano condannati a morte o puniti brutalmente. «Dobbiamo trovare un modo per tirarti fuori di qui.»

Lei alzò le spalle, quindi usai un tono insistente.

«Se Madre Terra lo vuole, troveremo un modo.» Mi allontanai da lei e le presi la mano. «Abbiamo tre cicli solari. Rimani forte ancora un po'.»

Lei mi strinse la mano, ma sulla via del ritorno tacque, procedendo a testa bassa. Ci vollero tutte le mie migliori canzoni e i miei discorsi allegri per convincerla a mantenere una parvenza di normalità: volti imbronciati e voci lacrimose, diceva sempre il padrone, non erano appropriati per gli esseri umani e potevano portare a dolorose punizioni finché non apprezzavamo meglio i "lussi" che ci erano concessi.

Finora ero riuscita a proteggere Enya da questo, ma più cresceva e più attirava l'attenzione del padrone... beh, non sarei stata in grado di proteggerla ancora per molto.

Per tutta la vita avevo amato prendermi cura dei piccoli e avevo sognato di averne uno mio. Tutte le bambine che avevo cresciuto mi erano state portate via, spostate in altri lavori o svendute. Non volevo perdere anche Enya adesso.

Non potevo perderla.

* * *

«Sei rimasto paralizzato? Ti stai muovendo lentamente.» Diedi un pugno sulla spalla al capitano Drayk.

Il mio pugno si fermò perfettamente sui suoi tendini, anche se non riuscivo a vedere con i miei occhi.

«Sto solo cercando di mantenere un ritmo che puoi sopportare» sbuffò, ignorando il mio pugno.

«La tua attrezzatura è pronta?»

Sentii l'aria muoversi mentre lui faceva un cenno con la testa, e il mio transponder audiovisivo inviò i segnali di movimento al mio cervello affinché li interpretassi. Feci un passo indietro al suo fianco, sapendo esattamente dove e quando cambiava posizione, in base al feedback dell'onda sonora uditiva.

«Stato completato al 100%» Mi girai e indicai il ponte di navigazione dell'astronave. «I sistemi sono stati aggiornati e sono collegati. Siamo a posto.»

«Eccellente.»

Chiusi gli occhi e mi concentrai. Ci voleva solo una frazione di secondo prima di percepire i segnali nella mia mente. Non vedevo le cose come le vedevano gli altri esseri, ma le percepivo: la loro profondità, la larghezza, l'altezza. Comprendevo le dinamiche rotazionali dell'avvicinamento degli asteroidi e analizzavo la loro traiettoria in un batter d'occhio per evitarli. Tutto grazie alla tecnologia che il dottor Daneth aveva impiantato nel mio cervello, del progresso che aveva permesso di fondere il silicio e l'elettricità con la mia biologia per permettermi di svolgere compiti di navigazione che nemmeno gli zandiani vedenti potevano eseguire. Peccato però che non riuscissi a resistere in combattimento.

Scacciai quell'ultimo pensiero dalla mia mente. «So che questo sarà un viaggio insidioso. Sono pienamente preparato.»

«Bene.» Si era raddrizzato. Lo capivo perché il suo segnale nelle mie comunicazioni si era espanso. Sapevo che questo era un segno di fiducia. Ero orgoglioso di essere così utile. In quanto zandiano disabile, ero felice di poter contribuire alla società in modo cruciale.

«Sarà un'operazione rischiosa, e non solo per arrivare lì. Una volta sul pianeta, non sarà un recupero semplice.» La sua voce era cupa.

Restammo in silenzio per un secondo. «Si tratta della maggiore delle due, giusto?» Mi schiarii la gola.

«Sì. L'abbiamo localizzata utilizzando i dischi ottenuti nell'ultima missione. Re Zander ha detto che abbiamo una breve finestra di opportunità per salvarla durante l'imminente asta di schiave.»

«Farai un'offerta per lei?» Mi accigliai. Mi era stato detto che, anche se non riuscivo a vedere, facevo automaticamente le stesse espressioni degli altri. Certamente sentivo come il mio viso reagiva ai diversi input.

«No. Gli zandiani in questo momento non possono partecipare alle aste in cui sono presenti gli ocreziani: troppo pericoloso. La ruberemo all'essere che la compra.»

«Decisamente rischioso.»

«Si dice che sarà venduta all'asta su Marall-9. Tra gli offerenti tipici figurano altri ocreziani e varie specie. Marall-9 è un pianeta senza legge: ecco perché lo scelgono per queste aste. Le femmine spesso non sono ancora mature, eppure le vendono comunque come schiave sessuali.»

Tremai. «La nostra galassia è così brutta. Se le stelle lo desiderano, salveremo questa umana.»

«Sì.» Aveva un tono pensieroso. «È noto che gli acquirenti di schiavi su Marall-9 devono portare con sé una forte protezione per i loro acquisti perché i furti sono comuni. Useremo i travestimenti mentre rubiamo l'umana. Anche se non riusciranno a ingannare gli ocreziani a lungo, da vicino, in una breve colluttazione possiamo mascherarci come altri esseri.»

«Ho memorizzato le carte stellari.» Mi toccai la testa. «In una combinazione della mia mente e dell'aggiunta di silicio. Dovreste farvelo fare tutti.» Ridacchiai.

«Pensavo che il dottor Daneth avesse detto che era ancora troppo sperimentale per la popolazione generale» rise. «Se fosse così facile, lo faremmo tutti. Immagina cosa potrebbero fare i nostri guerrieri con la vista e la tecnologia del tuo cervello.»

«Sì.» Sussultai, ricordando come l'operazione aveva influito sui miei nervi. Come non ero riuscito a camminare per quasi un ciclo solare e avevo lottato per liberarmi dalla paralisi con una terapia dolorosa. Ogni rotazione del pianeta era stato un incubo di dubbio. «Troppo presto per rischiare un'operazione del genere sugli Zandiani non considerati inutili, per iniziare. Ero una specie di usa e getta, quindi non aveva molta importanza, sperimentare su di me.»

Drayk aggrottò la fronte. Potevo dirlo perché i sensori indicavano che i suoi muscoli si erano mossi, tirando le sue labbra verso il basso. «Non mi piace sentirti parlare in modo così negativo. Per noi è importante essere forti e ottimisti. Soprattutto prima di una missione.»

«Era solo una battuta.»

«Davvero?» Mi fissò.

Voltai la testa dall'altra parte. «Sono pronto per la missione.»

«Eccellente.» Si girò e l'aria spostata mi mostrò il volume della sua figura e dove si era posizionato. «Il resto dell'equipaggio sta salendo in questo preciso istante. Prepara le statistiche di navigazione.»

«Sì, capitano.» Era il mio migliore amico, ma nelle missioni era il mio capo e, come zandiano, rispettavo pienamente il suo grado. «Agli ordini.»

CAPITOLO DUE

*Z*ina

«No! Zina!»

Mi svegliai all'improvviso al grido che risuonò nelle nostre baracche degli schiavi. Per una frazione di secondo pensai che Enya stesse vivendo un incubo, finché brutali riflettori non perforarono il buio pesto dei nostri dormitori.

«Quella lì, la giovane umana con i capelli neri. Prendila. Codice a barre 55497.» Erano le guardie ocreziane. E puntavano Enya.

«Ah, quella la riconoscerei senza cifre. La comprerei io stesso se avessi abbastanza stein.» Una guardia puzzolente la guardò maliziosamente e lei si ritrasse, piagnucolando terrorizzata.

Balzai in piedi, sbattendo le palpebre e sussultando alle luci che lampeggiavano e oscillavano nei miei occhi, e avvolsi le braccia attorno alla ragazzina accanto a me, il cui intero corpo tremava di paura. «Zina, non lasciare che mi prendano» singhiozzò sussurrando, stringendomi forte.

Le guardie ocreziane si avvicinarono a noi, gli shock stick

scintillarono, con l'elettricità blu che danzava sulle estremità di metallo. Mi girai e strinsi i muscoli, sperando di proteggere Enya dal dolore.

Ma non arrivò, non questa volta.

«Aspetta. Il padrone ha detto: nessun danno» risuonò una voce dura.

Sbirciai oltre la mia spalla per vedere. Enya affondò la testa nel mio collo.

Un sorvegliante alzò la mano. «Chiunque farà un solo livido alla ragazzina la pagherà cara. Ci si aspetta che raccolga le migliori offerte dell'asta e deve essere in perfette condizioni.»

«No!» Strinsi i pugni. «È un errore. Non ha nemmeno l'età per l'asta. Ha solo nove cicli solari!»

«Ha trovato un posto che le accetta all'asta più giovani» ringhiò la guardia.

Provai a provocarli. «Il padrone ha approvato che continuassi ad essere la sua tutrice mentre entrambe lavoriamo in casa per il prossimo ciclo solare.» Enya piagnucolò e si spinse contro di me, e automaticamente la afferrai con il braccio, più forte che potevo. «È solo una bambina. Lasciatela stare.»

«Questa non è la tua giurisdizione.» La guardia più vicina ringhiò e alzò lo stick, ma uno sguardo del sorvegliante gli fece fare un passo indietro, anche se con riluttanza.

«Prendete anche la tata. Ci sbarazzeremo di lei più tardi, se necessario.» Il sorvegliante aggrottò la fronte, valutandomi e poi guardando verso la porta. «Basta mandare la ragazza all'asta.»

«Perché non le tranquillizziamo?» La guardia arrabbiata toccò la fondina che aveva in vita.

«Ce le hai le orecchie? Il padrone ha detto niente danni. Non credo che voglia una bambola sbavante e cadente all'asta. Agli acquirenti piace vedere le lacrime e la paura.» Rise.

Le guardie ci presero entrambe, me ed Enya, in modo violento, ma senza fare danni.

Si coprì la bocca per attutire le urla mentre venivamo caricate in una cassa doppia e la grata di metallo si chiudeva con rumore metallico.

«Falla calmare» Il sorvegliante si avvicinò e mi guardò negli occhi. «Non posso farle del male, ma posso certamente farne a te.» Infilò il suo shock stick tra le sbarre e colpì Enya senza accenderlo. La ragazza sussultò e gridò di paura, anche se non c'era elettricità. «E tu. Se vuoi risparmiare alla tua custode un dito mozzato o due...stai zitta. Subito. E non parlare più finché non te lo dico io.»

Enya si ammutolì, con gli occhi enormi colmi di lacrime.

Il sorvegliante e le guardie risero. Seguirono alcune pacche sulle spalle e battute volgari. Discussioni su come lui fosse il migliore nel gestire le schiave difficili, ed era per questo che il padrone lo favoriva.

Poi venimmo caricate su una navicella, verso un destino peggiore della morte.

E non avevo piani.

Mi ero presa cura di Enya su questo pianeta fin da quando era solo una neonata, sottratta alla sua vera madre, una allevatrice, e la amavo tanto, come se fosse mia. Come schiava domestica, per me era più facile che per le schiave del piacere o le lavoratrici dei campi, e avevo protetto Enya dai pericoli e le avevo insegnato tutto ciò che potevo. Insieme avevamo attraversato la vita come schiave umane degli ocreziani e, quando possibile, avevamo anche cercato di divertirci.

Avevo sperato di trovare un modo per riportarla in libertà prima che fosse abbastanza grande per essere venduta.

Ma ora era troppo tardi.

* * *

TAREK

«CAPITANO, possiamo atterrare. La nostra navicella è camuffata da nave commerciale Daglan.» Impostai le coordinate e sbuffai. «Non che alla torre importi. A questo pianeta importa poco dei trattati interstellari e delle convenzioni sul trattamento equo.»

Drayk si schiarì la voce. «Questa mancanza di preoccupazione è un'arma a doppio taglio.»

Annuii e utilizzai il mio collegamento mentale per avviare i propulsori verso il basso, in direzione del punto assegnato sulla pista. «Non si preoccupano né della nostra provenienza né della nostra sicurezza.»

La navicella urtò appena mentre la manovravo per atterrare. «Ci siamo.»

Ci fu un momento di silenzio prima che il nostro capitano parlasse. «Tarek aspetterà qui e manterrà la navicella pronta a partire. Zane e io ci travestiremo da commercianti e parteciperemo all'asta.»

Una parte di me avrebbe voluto protestare. Dire che sarei andato con loro e avrei aiutato a garantire la sicurezza della ragazza. Se necessario, avrei combattuto per tornare alla nostra navicella.

Ma indipendentemente da quante imprese di navigazione spettacolari potessi compiere con i miei impianti high-tech, sul campo continuavo vacillare. La cecità era un netto svantaggio, non importava quanto duramente mi allenassi con i nostri migliori guerrieri.

Irrigidii la mascella. «Ricevuto.»

«Se non torniamo indietro...»

«Lo farete.» Mi alzai e incrociai le braccia al petto. «Non è nemmeno in discussione.»

«Sono d'accordo. Tuttavia, conosci il protocollo.»

Non sarei mai partito senza il mio capitano, e lui lo sapeva. Tuttavia, gli feci un brusco cenno del capo. «Sì, capitano.»

Un altro attimo e se ne andarono, lasciandomi solo. Ma c'era molto da fare e mi chinai sulla consolle, controllando e regolando i sensori perimetrali. Ero abile con uno storditore e qualsiasi arma a lungo raggio, purché riuscissi a percepire il calore di un bersaglio nelle mie vicinanze.

E avrei fatto qualsiasi cosa per tenere i miei fratelli al sicuro in questa missione.

* * *

ZINA

L'AVEVANO VESTITA con un abito diafano che mostrava facilmente il suo corpo snello e le avevano messo una ghirlanda di fiori sulla testa. Era terribilmente inappropriato, perché era ancora una bambina immatura. Ma la sua bellezza abbagliante, nonostante le lacrime e il terrore, lasciava a bocca aperta. Era pulita, la pelle pallida era stata strofinata per renderla sana e i corti capelli neri cadevano in morbide onde attorno al suo bel viso. Le strinsi la mano, lanciando freneticamente lo sguardo in giro, alla ricerca di qualsiasi forma di aiuto.

Non c'era nessuno.

Eravamo in una grande sala echeggiante con un soffitto a cupola così alto sopra di noi che sembrava quasi un altro pianeta, con lucernari che lasciavano entrare il sole forte che ruotava nel mezzo del pianeta. Ma la distanza era così vasta e l'aria così piena di polvere proveniente dal pavimento di terra battuta, che l'intero luogo assumeva un senso surreale e onirico. Un incubo, una volta che ti guardavi intorno e vedevi le innumerevoli femmine in vendita, ognuna sulla propria pedana rialzata.

Accanto a me, Enya piagnucolava. Aveva i polsi legati con una corda morbida; quella attorno ai miei aveva una trama più dura e grossolana che mi aveva già tagliato la pelle in alcuni punti. Enya aveva anche una corda intorno al collo, un nodo scorsoio, l'altra estremità era attaccata al palo di metallo sulla sua pedana. Se avesse cercato di scappare, si sarebbe strangolata fino a morire.

Non si erano preoccupati del mio collo. E gli sciocchi non mi avevano controllato le tasche. Avevo ancora quella pietra.

«Entreranno da un momento all'altro.» Il suo corpo tremò. Potevamo sentire la folla fuori dalle gigantesche porte di legno, e le femmine che erano libere di muoversi - alcune erano legate strette - fissavano tutte verso quell'ingresso, i loro sguardi malati di paura.

«Silenzio!» Il padrone banditore ruggì da un altoparlante. «Ogni schiava che disobbedisce agli ordini o tenta di scappare verrà giustiziata. Ne abbiamo tante e non sarà un problema perderne alcune. Dovete essere grate di non essere già morte.» Ridacchiò.

Il banditore locale, responsabile di Enya e di una dozzina di altre schiave, ci osservò. Tutti i maschi che si trovavano già qui, le guardie e il personale delle aste, la volevano. Ero sicura che sarebbe fuggito con lei in un batter d'occhio se avesse potuto farla franca.

Deglutii a fatica, formulando il mio piano. «Enya» mormorai senza muovere le labbra. «Ecco cosa faremo. Non appena la porta si aprirà, la folla entrerà. Allora farò la mia mossa. Userò la pietra che ho in tasca per liberarti i polsi dalla corda e toglierò la protezione per il collo. Allora prenderai il mio mantello, te lo getterai sulla testa e scapperai.»

Riuscivo a vederlo nella mia mente, lei che nascondeva la sua figura e i lucenti riccioli neri sotto il panno grigio, mentre correva verso le porte, agile e veloce. «Stai giù, tieni la faccia bassa e corri verso le navicelle. Prova a ottenere asilo su Brogan o Di'inar; hanno fama di essere i pianeti più giusti.»

Feci un respiro profondo e spinsi la bile in gola. «Io... creerò un diversivo qui per farti guadagnare un po' di tempo.» Sarei scappata anch'io, ma durante il trasporto la mia gamba malata era peggiorata ulteriormente. Temevo che l'avrei rallentata e basta.

«Non posso andare senza di te!» Aveva gli occhi spalancati e vitrei e il respiro superficiale e veloce. Barcollava.

«Enya.» Le afferrai forte le mani e le strinsi, assumendo un tono duro per catalizzare la sua attenzione. «Puoi e lo farai. Ti metterai in salvo. È chiaro?» Ci misi tutta l'autorità che potevo.

Aveva le mani freddissime. Madre Terra.

«Mi uccideranno se ci provo.» Alzò la voce.

Mi guardai intorno. «Siamo già tutte morte.» Ruotando le braccia da un lato, riuscii a infilare la mano nella tasca dei pantaloni. Afferrai la pietra affilata ed espirai. «Ma tu hai un'ultima possibilità.»

Con la scusa di consolarla, iniziai a segare le corde che le stringevano insieme i polsi. Avevano messo una specie di colla di pece sul nodo in modo che non potesse essere sciolto, ma la mia pietra era abbastanza affilata da farsi strada, o almeno credevo.

«Fallo per tua madre. Ti sta aspettando da qualche parte.»

E mentre dicevo quelle parole, sentii uno strano calore nel mio corpo, come se quello che stavo dicendo fosse vero. In effetti, non avrei mai creduto che la sua famiglia fosse ancora viva; le possibilità erano scarsissime. Ma mentre dicevo queste parole, sentii quasi come se qualcuno dall'altra parte della galassia stesse annuendo in segno di approvazione.

«Va bene» disse con voce bassa ma determinata. «Lo farò.»

«Puoi farcela» le assicurai. «Tutto quel correre e saltare che ti ho fatto fare nei campi... L'allenamento...» Non ero una combattente, ma avevo creato percorsi a ostacoli e false aggressioni in ogni rotazione del pianeta affinché lei potesse cercare di evitarli. «Ho fiducia in te.»

«Ma voglio che tu venga.» Mi guardò. «Come farai a metterti in salvo, tu?»

Distolsi lo sguardo. «Farò del mio meglio per trovare un'altra navicella.»

Non sarei sopravvissuta a tutto questo. Ma era come se fosse mia figlia e avrei dato qualsiasi cosa per lei, anche la mia vita.

E poi iniziò. I cancelli si aprirono con un grande ruggito arrugginito, e l'orda puzzolente di maschi si riversò dentro, come una fetida marea di liquami. Immediatamente la sala si riempì fino alla cupola di grida, urla, lamenti, risate e parole rabbiose mentre gli esseri selezionavano le schiave e discutevano tra loro per le scelte migliori.

Enya venne immediatamente circondata. Troppo velocemente. Non avevo ancora finito con il primo strato di corda, e già il banditore me la strappò di mano. Riuscii a malapena a infilare il pugno nella manica per nascondere la pietra.

«È mia, l'ho vista per primo» ringhiò uno squallido ocreziano con il mento verrucoso.

«Non se la voglio io.» Un goto vicino ringhiò e toccò la sua spada in modo significativo, socchiudendo i suoi tre occhi. «E pagherò il doppio del prezzo richiesto in stein.»

«Io posso dare il triplo.» Un waq si fece avanti, gli occhi

perdevano liquido gocciolando sul telo che aveva attaccato al petto, come succedeva ai suoi simili in atmosfere ricche di ossigeno.

Enya gemette e non potei nemmeno toccarla per consolarla.

«Cos'è quella che sta con lei?» Un essere fece un gesto verso di me, il viso contratto in un'espressione di disgusto. «Quella con la... gamba.»

Il banditore sorrise. «Un omaggio, un bonus con l'acquisto.»

«Portala via. Mi impedisce di vedere la bella schiava. E scioglile il collo così posso toccarlo.»

Il banditore alzò gli occhi al cielo. «Per il quadruplo degli stein, lo farò.»

L'essere tirò fuori il denaro e io venni trascinata senza troppe cerimonie dal palco e gettata a terra ai piedi del banditore. Mi prese a calci. «Stai ferma» mi avvertì, con voce viziosa, «finché non ci sarà bisogno di te, a meno che tu non voglia un pugnale in gola.» Mi prese di nuovo a calci in faccia per buona misura.

Mi bruciò il fianco e pensai che forse si fosse rotta una costola per via dello stivale, ma mi raddrizzai e cercai di alzarmi. Forse c'era ancora una possibilità di salvarla. Almeno nella colluttazione le mie mani si erano liberate dalla corda ruvida.

Ora si stavano allungando, toccando Enya: il viso, i capelli, le mani. Quando qualcuno cercò il suo seno, sbottai.

«No!» ruggii e con tutte le mie forze pugnalai l'essere più vicino, nel punto in cui le sue cosce incontravano il corpo, e mi girai.

Lui cadde con un grido acuto così violento e improvviso che quasi barcollai per la sorpresa, e pugnalai ancora e ancora finché all'improvviso mi ritrovai sulla pedana, dove c'era Enya.

«Andiamo» gridai.

«Sono ferito! Chiamate un medico!»

Il primo che avevo pugnalato alle gonadi era in agonia, e la folla intorno rimbombava e spingeva.

E per una frazione di secondo l'attenzione si distolse da Enya.

Non era certo la situazione perfetta che avevo sperato, ma la afferrai, con le mani ancora legate, e poi inciampai, il dolore alle costole mi fece piangere. «Oh, Madre Terra.» Riuscii a togliermi il mantello e a gettarglielo sulla testa. «Scappa» la esortai. «Io...»

Il dolore che provavo al fianco era come una lama di fuoco. «Vai e basta» ansimai, cadendo in ginocchio.

«No, Non senza di te. Se vuoi salvare me, salva te stessa» mi ordinò, con la voce più forte di quanto non l'avessi mai sentita.

Restò ferma e il mio cuore si gelò. «Enya» cominciai. «La mia gamba.»

«Zina, andiamo insieme oppure non andiamo affatto.» Mi tirò le mani. «Non perderò l'unica famiglia che conosco.»

Non c'era tempo per discutere, quindi mi sforzai di alzarmi in piedi e, stordita dal dolore, barcollai accanto a lei. «Non appena ci noteranno, creerò una distrazione» sussultai. Quando mi toccai la bocca, notai che usciva sangue. Me lo asciugai sui pantaloni e un'improvvisa ondata di bisogno mi diede energia.

«Da questa parte.» Le tirai il braccio verso il muro, dove non c'erano pedane con gli schiavi e la folla era più rarefatta. Gli esseri stavano ancora correndo verso il luogo dove si trovava Enya, e poi un grido: «È scappata! Trovatela!»

«Madre Terra, dobbiamo sbrigarci.» Ingoiai il sangue, che sapeva di ferro e terra. «Enya.»

L'adrenalina attenuò il dolore e insieme ci muovemmo e sfrecciammo via, e fu come se fossimo di nuovo nei campi su

Ocrezia, a fare l'addestramento che avevo creato. Era quasi meraviglioso il modo in cui ci muovevamo insieme e presto ci trovammo quasi alla porta.

Evitammo un paio di ocreziani, solo per imbatterci direttamente in due petti duri.

«Scusate» mormorai, alzando la mano e tenendo gli occhi bassi. «Scusate.»

Enya era ben nascosta sotto il voluminoso mantello, e se fossimo riusciti a superare questi due, avremmo avuto campo libero fino all'approdo...

«No. Aspettate.»

Parlò il primo dei due, con voce profonda e autorevole. «Fatemi vedere le vostre facce.»

«Vai avanti» sussurrai a Enya, e provammo a scansarci.

Il secondo ci afferrò le braccia, con le mani così grandi e potenti che perfino il mio bicipite muscoloso era come un ramoscello tra le sue dita. «Ho detto, fatemi vedere le vostre facce.»

Mi sollevò il mento. Inorridita, guardai il suo viso, che era argento e viola, verrucoso. Un mauk. I suoi occhi, però, non corrispondevano a quelli degli altri mauk che avevo incontrato. Sembravano molto più intelligenti, curiosi. Anche il colore era interessante.

«Un'umana.» Si girò verso i suoi compagni e disse qualcosa in una lingua che non capivo.

«L'altra?» Toccò Enya.

«Andiamo.» La mia voce era stranamente ferma.

«Siete fuggite da un'asta di schiave.» Mi guardò e non allentò la presa. «O siete schiave in fuga o guerriere in cerca di vendetta.» Mi squadrò dall'alto in basso. «E tendo a dubitare che tu sia una di queste.» Si aprì un sorrisetto sulle labbra grigie. «Anche se ci sei andata vicina.»

«Controlla il suo codice. E fallo in fretta.»

«Abbassa la testa.» Il primo fece scivolare il mantello dalla testa di Enya, e i due ne nascosero il corpo alla vista mentre controllavano i numeri tatuati sul delicato collo. Presumevo che volessero tenere per loro questa improvvisa fortuna, ma ero incuriosita dal loro tocco stranamente rispettoso, se si potevano considerare rispettose le loro richieste e le loro ispezioni. Tuttavia, c'era qualcosa di stranamente gentile in tutto questo...

«Combacia. Stelle, dobbiamo portarla via da qui, *kazo*.» C'era urgenza nel suo tono.

«Verrete con noi.» Il primo guerriero rimise il cappuccio di Enya sul viso e la prese tra le braccia. «Tieni il viso nascosto.»

«No!» strillò lei.

Ringhiò. «Senti, non ti faremo del male, va bene? Devi solo stare zitta o moriremo tutti.»

Iniziai ad arrovellarmi. I mauk erano meno violenti delle altre specie, sicuramente migliori di quelli che puntavano su di lei.

«Enya... vai con loro» la implorai. «È meglio di... quello che c'è qui.» Mi guardai intorno nella stanza, nella vasta distesa di miseria, e la mia vista cominciò ad oscurarsi. «E non posso...» inspirai. «Aiutare... in... altro modo.»

Caddi in ginocchio. «Non preoccuparti per me.»

«Non verrò senza di lei. Non lo farò!» La voce di Enya tremò e si alzò fino ad urlare, e il primo le tappò la bocca con una mano.

«*Kazo*, è rumorosa.»

«Prendi anche l'altra.»

«Ovviamente. Non lasciamo mai indietro un essere umano.»

CAPITOLO TRE

T*arek*

«Missione compiuta, portaci via di qui, immediatamente» ordinò il capitano Drayk mentre lui e
Zane salivano a bordo del velivolo. Non riuscivo a vederli,
ma i miei sensori rilevarono le forme dei due guerrieri,
ciascuno con una piccola femmina umana.

Rivolsi la mia attenzione ai comandi e impostai gli strumenti per il decollo.

«Allacciatevi le cinture per il decollo» dissi meccani-
camente.

«Non c'è tempo, vai e basta» urlò il mio capitano, quindi
presi i comandi e la navicella si lanciò verso l'alto. Mentre il
velivolo sobbalzava, Drayk perse la presa sulla femmina, o forse
lei era riuscita a liberarsi dalla sua presa. In ogni caso, il piccolo
corpo sfrecciò nella navicella e si scontrò contro di me. I miei
sensori registrarono la sua dimensione e la figura. Sembrava
essere una femmina adulta, anche se di taglia piuttosto minuta.

Le cinsi immediatamente la vita con il braccio e la strinsi
a me per darle stabilità. «Tranquilla, ecco. Ti tengo io.» Le

parole mi vennero automaticamente e mi sorpresi. Non ero il tipo che interagiva molto con le donne. Ero difettoso e quindi impossibile da accoppiare. Inoltre, la mia mole e i miei modi normalmente burberi spaventavano le femmine di quasi tutte le specie.

Il suo corpo era morbido, il profumo gradevole, anche se venato di sangue e paura. Inspiegabilmente mi fece accelerare il battito.

Da un momento all'altro lei avrebbe metabolizzato la mia taglia e la mia cecità e avrebbe gridato di liberarla.

La sentii trattenere il fiato. Con mio shock e sorpresa, allungò le dita e mi sfiorò le antenne.

Ah, *kazo*. Mi spostai sul sedile mentre il mio uccello ed entrambe le antenne si irrigidirono contemporaneamente. Se avesse avuto idea di cosa provocasse un contatto così a un maschio zandiano, avrebbe tenuto le dita molto, molto lontane dalle mie antenne.

«Non sei un mauk» disse sorpresa.

Ah. Drayk e Zane erano entrati travestiti da mauk.

Avrei dovuto lasciarla andare adesso. Eravamo fuori dallo spazio aereo inferiore del pianeta, stavamo uscendo completamente dal territorio di Ocrezia. La navicella non avrebbe oscillato più.

Eppure, il mio braccio rimase saldamente attorno a lei. «Siamo zandiani.» La mia voce sembrò più profonda del normale.

Adesso sembrava che fosse tornata in sé e mi spinse via per liberarsi. Mi adeguai.

«Vieni, umana» ordinò il capitano Drayk, afferrando il braccio della femmina.

Quasi ringhiai di irritazione per il modo brusco con cui la trattò. Ma lui era il capitano e sapevo che non avrebbe fatto loro del male. Scossi la testa per schiarirmi i sensi.

Era strano per me essere così colpito da una femmina, umana o di qualsiasi altra specie.

* * *

«COME STANNO?» Tutti i miei sensi erano in allerta mentre pilotavo la nostra navicella oltre una nebulosa scintillante verso casa, Zandia.

«Stabili. Siamo in uno spazio aereo sicuro?»

«Sì. Siamo andati in iper non appena abbiamo liberato lo spazio aereo superiore. Nessuno ci segue.» Esaminai la zona. «Nessuna navicella nelle nostre vicinanze.»

«Bene.» La voce del Capitano Drayk era piena di sollievo. «Chiama il maestro Seke. Voglio dargli subito la notizia.»

«Sì, capitano.» Stabilii la linea di comunicazione. «Navicella A4 con un messaggio urgente per il maestro Seke.»

«Quale?»

Abilitai la compilazione del modulo olografico così che i miei compagni di bordo potessero vederlo.

«Abbiamo la ragazza e sembra illesa.» Il capitano Drayk parlò velocemente, come per fugare ogni timore. «È… intatta.» Deglutii. «Mentalmente tesa e soffre di estrema ansia, ma... starà bene.»

«Ottime notizie.» Il maestro Seke, solitamente reticente, si concesse una nota di giubilo nel tono. «Informerò il dottor Daneth. Quando arrivate?»

«Fra mezza rotazione del pianeta.»

Ci disconnettemmo e considerai la missione. Eravamo stati inviati, correndo considerevoli rischi e spese politiche, non per affari ufficiali zandiani, ma piuttosto in una missione personale per un essere umano. La compagna di uno dei migliori consiglieri del re. Gli zandiani erano noti per l'onore e la logica, ma le emozioni delle umane che avevamo accolto avevano influenzato tutti noi. Anche per me la soddisfazione di questa missione personale era grande quanto quella di qualsiasi battaglia per Zandia. Forse maggiore.

«Credi che il dottor Daneth lo dirà alla sua compagna Bayla proprio adesso?» Immaginai cosa stesse succedendo sul nostro pianeta. «Quanti cicli solari sono passati dall'ultima volta che ha visto sua figlia?» Nella mia mente apparve una serie digitale di asteroidi e modificai la rotta per evitarli.

Drayk scosse la testa. «Credo che sia stata cresciuta per la riproduzione. Le sue bambine le sono state portate via alla nascita. Non le ha mai nemmeno conosciute. Penso che glielo dirà adesso, per mitigare l'ansia e prepararla.»

Usai i miei sensori per scansionare l'area e individuare le due umane rannicchiate insieme vicino alla capsula medica. «La femmina adulta è ferita? Ho sentito l'odore del suo sangue.»

«La femmina ha una costola rotta e ha ricevuto un pugno in faccia. Entrambe hanno un pacchetto curativo. La femmina adulta ha una ferita alla gamba più vecchia che richiederebbe un'attenzione speciale da parte del dottor Daneth, se si potesse guarire.» Drayk ridacchiò. «Non sto ridendo delle loro ferite» aggiunse. «Ma il tuo senso dell'olfatto migliora continuamente.»

«Forse tra una rotazione del pianeta sarò pronto per la battaglia.»

Ma sapevo che non era vero. Il maestro Seke mi aveva detto più di una volta, senza mezzi termini, che non avrei mai affrontato la battaglia. Che le mie capacità avevano un valore inestimabile altrove.

Drayk mi toccò la spalla. «Non avremmo potuto portare a termine questa missione senza di te al timone.» Sapevo che lo pensava davvero. Tuttavia, volevo stare al suo fianco, andare sul pianeta, combattere come un guerriero, non solo come un pilota con speciali capacità di navigazione. Non volevo sempre essere quello che aspettava a bordo.

«Perché ci sono due umane?» Qualcosa nella femmina adulta mi intrigava. L'effetto del suo profumo sulla mia fisiologia era molto insolito. Misi la navicella in modalità automatica mentre ci dirigevamo verso il cielo sereno, poi mi alzai.

«Erano insieme: la più grande proteggeva la piccola. La ragazzina si è rifiutata di partire senza di lei, quindi le abbiamo prese entrambe.»

«È sconvolta.» Mi avvicinai alle umane, con la fronte accigliata. Non sapevo perché ero così attratto da lei. «È più turbata della piccola. Perché?»

«Sono entrambe sotto shock. Per via dell'asta e del salvataggio. Non so esattamente come consolarle.»

«Dovresti avere familiarità con le femmine umane, visto che hai una compagna» gli feci notare.

Rilevai un cambiamento nel suo volto da 400 a 420 nano metri; le informazioni sulla lunghezza d'onda alimentarono i miei sensori. Ridacchiai perché non riuscivo a vedere il rossore con i miei occhi, ma sapevo che era imbarazzato. «Si potrebbe dire che sai parecchio sul comportamento umano» scherzai.

Ringhiò. «Conosco un'umana... la mia.» Si schiarì la voce. «Ma tu hai interagito con molti di loro. Comprendi il modo in cui usano l'umorismo e il sarcasmo e comprendi la gamma delle emozioni umane.»

«È vero. Durante la mia ultima operazione, i tecnici medici mi hanno affibbiato il titolo di essere umano onorario per scherzare.» Avevo dovuto trascorrere così tanto tempo nell'infermeria con lo staff medico umano che a volte mi ero sentito in procinto di diventare uno di loro.

Drayk fece una smorfia, come se stesse storcendo il naso, secondo il mio scanner, il che, secondo me, significava orrore personale per questa definizione. Ma io l'avevo trovata accattivante. Le umane che si erano prese cura di me lo avevano detto come un complimento, mi avevano spiegato, perché ero diventato così resistente ai continui colpi e stimoli.

«Mi piacerebbe parlare con loro.»

Con lei.

Feci un altro passo nella loro direzione. Sentivo il bisogno di confortare la donna adulta. Di abbracciarla e dirle che era al sicuro. «Rassicurarle.»

Era la più giovane quella fondamentale qui perché era la figlia perduta da tempo di Bayla, la compagna umana del nostro dottore. La stavamo cercando da molti cicli solari. Ma diamine, non riuscivo a smettere di sentire una strana attrazione verso la sua custode.

«Vai allora.» Il mio capitano annuì. «Se c'è un essere che può aiutarle, vale la pena provare.»

Le loro tracce di calore diventarono più forti nella mia mente mentre mi avvicinavo, e mi fermai a qualche metro di distanza, accovacciandomi per mettermi al loro livello. Gli zandiani erano più grandi degli umani e io ero più alto della maggior parte degli altri. Anche il più muscoloso, grazie a tutto il mio allenamento.

Stavano insieme su una panca medica. L'odore di adrenalina e paura si diffondeva dalla loro pelle.

«Siete su una navicella zandiana, diretta a Zandia. Siete al sicuro» dissi. «Nessun essere vi farà del male qui. Promesso.»

Nessuna delle due parlò, ma sentii che la più piccola iniziò a tremare più forte.

Indietreggiai di un passo. «Vi abbiamo salvate», aggiunsi.

Silenzio. La piccola iniziò a piangere.

«I guerrieri zandiani che vi hanno prese erano travestiti da mauk, come probabilmente vi hanno spiegato.» Mi schiarii la gola. «Non volevano spaventarvi, ma il tempo era essenziale.»

La piccola nascose la testa nella spalla della più grande e singhiozzò in modo incontrollabile. La femmina adulta sussultò, ma non si mosse. Invece, accarezzò i capelli della bambina. «Sì, ci è stato detto.» La sua voce era cruda e rauca. Alzò il mento. «Non vi permetterò di fare del male a Enya.»

Nella sua condizione indebolita, senza armi a disposizione, non poteva impedirlo. Ma cavolo, ammiravo la sua forza d'animo.

«È vero.» Girai gli occhi nella direzione dei suoi e il mio sensore emise un segnale interno quando fissai le sue pupille. Mi frustrava il fatto di non poter vedere, mai, ma almeno quando facevo così mi dava l'impressione di essere un essere vedente normalmente. E avevo imparato che aumentava notevolmente il livello di comfort dell'essere con cui stavo parlando. A nessuno piaceva uno sguardo vacuo e morto.

«È ancora terrorizzata.» La sua voce era bassa e stanca, ma qualcosa in essa mi ricordava le cascate su Zandia, quelle vicino alla grotta di cristallo. «E francamente, lo sono anch'io.» Emise un verso che avrebbe potuto essere un tentativo di ridere.

«Tu sei Zina?» chiesi. «E la piccola è Enya?»

Quando annuì, le dissi: «Sono Tarek. Sono il pilota di questa navicella.»

«Tarek.» Disse il mio nome, e *kazo*, le mie antenne si irrigidirono. Niente mi era mai sembrato così bello. Nemmeno il suono dei motori nuovi di zecca su un cacciatorpediniere di classe 3 di nuova costruzione.

Stelle. Mi costrinsi a concentrarmi. Una dimostrazione esteriore della mia attrazione per la piccola umana non l'avrebbe messa a suo agio. «Ci riporterò sani e salvi a Zandia» le promisi. «Dove a molti esseri umani è stato concesso asilo.»

Lei annuì con cautela.

La piccola Enya non aveva smesso di tremare.

Feci immediatamente marcia indietro, poi feci un cenno al tecnico medico, che era in bilico a pochi passi di distanza, e mi concentrai nuovamente sulle umane. «Siete al sicuro adesso.»

Mi sembrò che le mie parole non avessero alcun effetto, quindi tacqui.

Zina le sussurrò all'orecchio e dopo un momento Enya si zittì, anche se continuava a tirare su col naso.

Senza pensare, allungai la mano e toccai il braccio di Zina. «Ve lo prometto, siete in buone mani» le dissi.

Fu come una scintilla per le mie dita. La sua pelle era calda e morbida e pulsò di vita. Era davvero fragile: questi umani erano tutti così delicati rispetto agli zandiani! Resistetti all'impulso di spingere da parte la piccola e di cullare Zina tra le mie braccia, contro il mio petto.

Lei sussultò, poi le sue dita trovarono le mie e, per un secondo, mi tenne la mano.

«Grazie» disse, con voce debole. «Perdonateci se ancora non ci crediamo. Non abbiamo conosciuto molta gentilezza.» Si avvicinò la ragazzina con il braccio che aveva già avvolto attorno a lei. «E non sappiamo cosa accadrà.» Mi guardò direttamente, dritto nei miei occhi ciechi. Il mio avviso di sguardo si illuminò al cento per cento. Voleva davvero che la ascoltassi.

«Quello che succederà è l'asilo. Per entrambe.» Le strinsi le dita. Ero riluttante a lasciarla andare, ma le lasciai la mano per non allarmarla. «Lo sai che ci sono molte femmine umane che vivono su Zandia?»

Mi era stato detto di non dire nulla a nessuna delle due riguardo alla madre di Enya, o al motivo per cui le avevamo davvero salvate. Non ero io a doverlo raccontare. Il dottor Daneth e il re Zander avrebbero supervisionato il ricongiungimento della giovane con sua madre.

«Non lo sapevo.» Zina si leccò le labbra. «Non so nulla del tuo pianeta. C'è più fluido?»

«Ovviamente.» Feci un cenno al tecnico medico e dissi «fluidi» e lui mi portò immediatamente un nuovo tubo di succo. «Avete bisogno di sostentamento?»

«Per ora no.» Succhiò il liquido e, appena sentii le sue labbra sul tubo, la mia mente andò altrove. Sentii la mia pelle scurirsi come era successo a Drayk qualche minuto prima, e una parte molto diversa della mia anatomia si risvegliò.

«Hai detto che... le femmine umane vivono sul tuo pianeta. Solo... le femmine?» Sentii il suo corpo irrigidirsi. Aveva paura.

«Per lo più femmine, sì. Come riproduttrici. Beh, non solo come riproduttrici, ad alcune umane non accoppiate è permesso restare e lavorare, se il re concede loro asilo.» Questo non sembrò confortarla. «Sono le femmine a scegliere» dissi subito, cercando di migliorare la cosa. «Scelgono con quali maschi desiderano riprodursi. Accoppiarsi.»

«Oh.» La sua voce era tesa. «Capito.»

Non avevo ancora calmato le sue paure.

«Non Enya» mi affrettai ad assicurarle. «Le piccole non saranno date a nessun maschio. Ma quando sarà maggiorenne, sceglierà. Sarà lei a decidere.»

Strinse gli occhi. «Fantastico.» Passò un istante. «Suppongo che non avrebbe importanza se stessi mentendo. Siamo qui, a prescindere. E siamo dirette dove avete deciso di portarci.» Per la prima volta, abbassò le spalle.

«Importa invece.» Avevo la voce ferma, quasi arrabbiata, ma non con lei. Ero furioso con la vita, con il destino, per averla messa in una posizione per la quale era stata costretta a parlare così. «È importante per me e per il nostro onore. Gli zandiani non mentono.»

Le toccai il braccio e le antenne si tesero per il brivido

delle sensazioni. Non c'era dubbio: volevo questa femmina. Di brutto.

Mi costrinsi a concentrarmi. Per dirle qualcosa per metterla a suo agio. «Devi averne passate tante.»

Era la cosa giusta da dire.

«Sì, entrambe.» Il suo odore, nonostante il sudore e la sporcizia, mi stregava. C'era qualcosa di essenzialmente femminile sotto, un profumo che volevo annusare ancora e ancora, per capire...

Deglutii. «Bene, adesso siete fuori dalle mani degli ocreziani. E gli zandiani non posseggono schiavi.» Sbattei le palpebre. Chissà cosa pensava di me. Come le sembravo. Sapevo di essere grosso, più muscoloso anche della maggior parte degli zandiani. Probabilmente pensava che fossi una specie di mostro.

Tossì di nuovo.

«Stai bene?» Mi chinai in avanti, con l'intenzione di far scorrere le dita sul suo impacco medico, così da poter collegare i miei sensori tattili alla porta di uscita e leggere i suoi organi vitali.

Lei si spostò, forse sorpresa o allarmata, e invece di collegarmi all'impacco, appoggiai saldamente il palmo della mano sul suo petto. Sui seni. Seni sodi e perfetti.

Lei strillò.

Il cazzo mi si indurì all'istante, le antenne si inclinarono nella sua direzione. Avrei dovuto togliere la mano. Scusarmi. Invece mi accorsi che il mio pollice si spostò per sfiorarle leggermente il capezzolo, ringhiando quando si irrigidì sotto il mio tocco.

Lei sussultò e io tirai via la mano.

«Mi dispiace, non avevo intenzione...» Cercai di dare un senso ai pensieri tumultuosi che mi frullavano per la testa. «Volevo solo toccare il tuo impacco. Il pacchetto medico. È sulla tua spalla.»

«Sì, lo so, è lì ah, sì.» Aveva la voce alta e tesa. Ma non mi sembrava di sentire la rabbia. «Va tutto bene. Non importa. Voglio dire, non lo so, ehm.» Prese fiato. «Sto bene. Grazie. Bene. Sì.»

«Va bene, ok. Bene. Sì.»

In qualche modo, mi ritrovai a tenerle di nuovo la mano. Come diavolo era successo? «Voglio solo assicurarmi che tu non stia soffrendo per nulla. Per nessun problema. Ehm.»

«Ho molti problemi.» Con mia totale sorpresa, pensai di percepire l'ironia dell'umorismo umano. «Ma in questo momento, tu non sei uno di loro.»

«Questi problemi richiedono farmaci?» Le strinsi le dita. «Posso aiutarti?» Ero pronto a chiamare il medico quando parlò.

«Solo se esiste un farmaco in grado di cancellare gli ultimi venticinque cicli solari della mia vita, o di aggiustare la mia gamba, o di tappare i buchi che urlano nella mia mente. O di liberare tutti gli esseri umani dalla schiavitù.»

Non avevo una risposta per questo. Sbattei le palpebre un paio di volte.

«Hai degli occhi davvero interessanti.»

Sussultai. «Cosa intendi?»

«Il colore. Mi piace.»

Odiavo i miei occhi. Disprezzavo il fatto di non vedere come gli altri esseri.

«Sono cieco.» Lo dissi con voce piatta. Mi alzai e toccai l'impianto della cuffia sulla tempia. «Non riesco a vederti, non nel modo tradizionale in cui ti vedono gli esseri.»

Che cosa avevo pensato, accovacciandomi vicino a lei, toccandola, annusando il suo corpo? Gamba ferita o no, questa umana era chiaramente forte e intelligente e avrebbe reso qualche zandiano un buon compagno. Uno zandiano approvato per l'accoppiamento. E io non lo ero. Non lo sarei mai stato mai.

«Cieco?» Il suo shock mi tormentò. «Ma tu... fai delle cose.» L'aria si mosse quando agitò la mano. «Molte cose. Come...»

«Ho la tecnologia. E mi sono allenato.»

«Non l'avrei mai detto. Oh.» Presumevo che mi stesse guardando, perché la sua postura non era cambiata e la sua testa era puntata direttamente verso il mio viso. «Lo giuro, non sembri cieco quando ti muovi. E a volte è come se guardassi dritto dentro... la mia anima.» Si schiarì la gola. «Insomma... lascia perdere l'ultima parte.»

L'avevo già sentito prima, almeno la prima parte, di solito con un tocco di compassione, che mi faceva infuriare. Da questa umana però percepivo solo interesse.

«Forse più tardi vorrei farti delle domande a riguardo» disse, ma poi sbadigliò e tutto il suo corpo si accasciò.

Il nostro tecnico medico, Jass, venne da me. «Ho messo un sedativo nei loro impacchi» mi sussurrò in zandiano. «Solo per aiutarle a riposare. Sono entrambe così ansiose che non riescono a calmarsi e i loro corpi hanno bisogno di tempo per rigenerarsi. Gli esseri umani guariscono molto più lentamente di noi.»

«Ricevuto.» Restai in piedi e aspettai che i loro respiri si calmassero, e mi convinsi che stessero dormendo entrambe.

Avrei voluto allungare la mano e toccare di nuovo Zina, ma non potevo, con Jass qui. Sarebbe sembrato inappropriato. E sarebbe stato anche imprudente, visto che comunque non avrei mai potuto averla.

Ma prima di tornare sul ponte verso la mia postazione di navigazione, rimasi lì per un lungo momento, ad ascoltarla respirare. La conoscevo a malapena e già avrei fatto quasi qualsiasi cosa per proteggerla e renderla felice.

Ma era sciocco. Un guerriero cieco era inutile per una donna, anche se aveva potenziamenti tecnologici.

CAPITOLO QUATTRO

Zina

Z Mi svegliai di nuovo per le urla di Enya e il mio corpo si irrigidì. Per un momento, pensai che fossimo tornate su Ocrezia. Balzai in piedi, solo per ricadere giù, con la testa stordita e la bocca secca.

La rotazione planetaria passata mi ritornò in mente e ricordai dove eravamo. Su una navicella zandiana. Catturate per la riproduzione. Riproduzione consensuale, se volevo credere a quello che aveva detto Tarek.

Non aveva alcun senso.

«Shhhh. Va tutto bene.» Afferrai Enya; tremava così forte che le sentivo battere i denti. Madre Terra, ti prego, evita che se li rompa per la paura. «Enya, siamo al sicuro.»

Dissi quelle parole prima di pensare, ma quando sbattei le palpebre mi resi conto che avrebbe potuto essere vero. Eravamo sulla navicella zandiana. Non eravamo legate. C'erano degli esseri che, finora, non ci avevano fatto del male né ci avevano minacciato di farlo.

Aveva gli occhi spalancati e sapevo che non mi vedeva, quindi la strinsi forte e canticchiai, dondolandomi avanti e indietro, la canzone che le avevo cantato ogni notte per i cicli solari. Come al solito, la musica la calmò e, dopo un minuto, si rilassò tra le mie braccia e tossì.

«Scusa.» Aveva gli occhi pieni di lacrime. «Scusa.»

«Non hai nulla di cui scusarti.» Le asciugai la guancia. «Andrà tutto bene. Siamo sfuggite all'asta delle schiave.» Scossi la testa meravigliata. «Tra l'altro.»

«Ma tu mi hai salvata prima.» Mi prese la mano. «Prima che lo facessero loro. Hai tagliato le mie corde, mi hai portata via e hai ucciso quella guardia.»

«L'ho ucciso?» Mi tirai indietro. In realtà non sapevo se l'avevo fatto o no. Non mi sarei dispiaciuta di averlo fatto in caso, solo che nella mischia avevo avuto in mente solo la fuga.

«Beh, lo spero.» Mi fece un debole sorriso e fece una faccia da «oh», e all'improvviso scoppiammo tutte e due in una risata incontrollabile, così forte che mi vennero le vertigini e mi accasciai sul tavolo sospeso.

La nostra allegria fu abbastanza forte da dare l'allarme. Il medico si precipitò, con la fronte corrugata. «State bene?» Si chinò per controllare i nostri kit curativi, con le dita abili che premevano pulsanti e controllavano gli schermi. «Ci penso io.» Parlò anche nel comunicatore e, in un secondo, il guerriero cieco irruppe.

Il battito mi accelerò quando lo vidi.

«Zina. Enya.» Tarek sembrava allarmato. «Che c'è?» Si rivolse al medico. «Non stanno bene?»

«Stiamo bene» riuscii a dire. «Stavamo solo scherzando.»

«Scherzando?» Le sopracciglia di Tarek salirono sulla sua fronte viola liscia e senza rughe.

«Gli zandiani conoscono gli scherzi?» Smisi di ridere, di fronte all'enormità di ciò che ci aspettava: adattarci a una nuova cultura. Una nuova specie di esseri. Dove ancora una volta saremmo state degli esseri impotenti. Le outsider.

«Ovviamente.» La sua voce era quasi compassata. «Ma riserviamo la risata per cose molto serie. Pensai che non mi avesse capita affatto, finché non vidi le sue labbra contrarsi. Uno scherzo.

Scoppiai a ridere. Oh, Madre Terra. Non riuscivo nemmeno più a controllare le risate. Le lacrime mi scesero dagli occhi.

Alla fine, mi ricomposi. «Questo è un momento serio.»

«Chiaramente.» Contrasse la bocca come se volesse sorridere ma non fosse sicuro se avrebbe dovuto farlo. «Per favore, dimmi se hai dolore.»

«Le costole...» iniziai a dire automaticamente, poi mi girai. «Non fanno più male.» Mi girai di nuovo, poi feci scivolare via Enya con delicatezza in modo da potermi alzare. «Che cosa avete fatto?» Toccai il mio corpo, poi lo pungolai più forte. «È a posto.»

Il tecnico medico sorrise sinceramente. «Abbiamo una tecnologia medica avanzata.» Il suo sorriso svanì mentre lanciava un'occhiata alla mia gamba. I pantaloni mi si erano strappati durante la fuga e le vecchie ferite erano chiaramente visibili. «Ma ha... dei limiti.» Lanciò un'occhiata a Tarek.

Tarek restò in silenzio per un momento. «Sul pianeta abbiamo un medico che può approfondire.» Ma il suo tono mi disse che non pensava che si potesse fare molto.

Ormai mi ero abituata alla mia gamba e non mi sarei mai aspettata che potesse tornare di nuovo intatta. «Capisco. Sono grata per questo.» Indicai la mia cassa toracica. «E anche la mia faccia va meglio.» Mi toccai il labbro, l'occhio. «È stato veloce.»

Mi rivolsi a Enya. «Ha bisogno di mangiare.» Amavo questa ragazzina più della mia vita. Era mia figlia, davvero, nel mio cuore. Dovevo assicurarmi che si prendessero cura di lei.

Il tecnico le porse alcuni pacchetti di alluminio e lei li strappò, mangiando come un animale, una bestia affamata.

Il tecnico medico si allontanò di qualche passo e mi fece un cenno. Notai che Tarek sembrò seguire il movimento, perché anche lui si unì a noi. «Ho sentito la piccola urlare» disse il medico. «Ha bisogno di ulteriore sedazione?»

«No» dissi subito, senza nemmeno considerare l'offerta. Anche se stavo molto meglio in questa rotazione planetaria, ero ancora diffidente nei confronti dei farmaci che volevano darci.

«Se la sedo di nuovo, posso somministrarle un farmaco antiansia attraverso il kit medico. Oltre a dormire di più, potrebbe aiutarla a calmarsi.

Arricciai il naso. «Niente del genere aiuterebbe. No, a meno che non abbiate qualcosa in grado di rimuovere effettivamente i ricordi che la fanno urlare.» Avrei dovuto parlare con il medico, ma guardai Tarek mentre parlavo. I suoi occhi erano puntati su di me e, ne ero sicura, mi vedeva. Come poteva essere cieco?

Forse ero solo incuriosita dalla sua disabilità. I miei occhi si spostarono sui suoi pantaloni attillati e sul modo in cui il suo corpo sporgeva alla giuntura delle cosce, e sentii il viso avvampare. Mi schiarii la gola. Poteva capire dove stavo guardando? Madre Terra, a cosa stavo pensando? Non ero mai stata interessata ai maschi prima.

«No.» La voce di Tarek era dispiaciuta. «Non abbiamo modo di cancellare i brutti ricordi, temo.»

Valutai quegli esseri per un momento. Mi fidavo che curassero Enya? Mi sentivo molto meglio dopo le cure che mi avevano dato. «Va bene, sì. Andate avanti e datele qualcosa.»

«Vuoi un sedativo?» Il tecnico alzò le sopracciglia e io iniziai a ridacchiare di nuovo.

«Dolce Madre Terra, che gentile attenzione e servizio sto

ricevendo. Posso avere anche un mantello della migliore seta di ragno e degli stivali di cuoio? Siete come dei personal galaxy shopper.»

Conoscevo questi servizi solo perché il padrone aveva un acquirente nel suo staff che otteneva tutto ciò che voleva.

Il tecnico medico sembrò confuso. Ma Tarek si lasciò andare a una risata che mi scaldò l'anima. «*Kazo*, sei esuberante.» Si girò. «Il meglio che possiamo fare è un tubo di lavaggio e una tuta mimetica.»

Rivolse il suo sguardo cieco su di me come se mi stesse davvero valutando. «Mirelle ha più o meno la tua taglia e ne abbiamo alcune fatte per le umane.»

«Come puoi...» mi fermai. Ero certa che mi stesse guardando il seno. Oh, stelle, i miei capezzoli erano appena diventati duri?

Si voltò dall'altra parte, con voce più fredda. «Ho dei sensori incorporati nel mio cervello che interpretano il calore e le informazioni uditive e costruiscono una mappa delle forme nella mia mente. Mi è stato detto che è molto simile alla vista.»

Il suo comportamento era completamente diverso ora, come se fosse un estraneo. Oh. Forse non avrei dovuto chiedere troppo sulla sua disabilità. O sulle sue capacità. O su entrambe le cose.

«Mi dispiace.» Feci un passo indietro.

«Non esserlo. Hanno bisogno di me sul ponte di volo.» Si allontanò, lasciandomi lì, desiderosa di attenuare l'offesa che avevo arrecato al mio nuovo... rapitore? Padrone? Difensore? Ancora non sapevo in che tipo di situazione ci trovavamo qui.

Un rumore sommesso alle mie spalle mi fece girare, ma era solo Enya, che si accomodava con una morbida coperta viola. «Adesso dormo, Zina», mormorò. «Ti siedi con me?»

Mi affrettai ad accarezzarle i capelli, mormorandole cose

rassicuranti. Mi sorrise, poi i suoi splendidi occhi verdi si chiusero e fece una serie di respiri regolari che sembrarono di totale rilassamento.

Il tecnico medico fece un cenno. «Dormirà per almeno metà della rotazione del pianeta e le somministreremo liquidi attraverso l'impacco per mantenerla idratata. Ecco le cose menzionate da Tarek.»

Indicò una pila di oggetti. «Il tubo di lavaggio è in quel recinto, quindi se ti senti a tuo agio nel farlo senza assistenza...»

Esitai. «È al sicuro qui?» Guardai Enya.

«Sì.»

«È solo che io...» mi morsi il labbro, valutando la situazione.

«Sul mio onore. Sull'onore zandiano. Con noi è al sicuro.» I suoi occhi si fissarono sui miei.

«Va bene. Grazie.» Non volevo essere ingannata. Non volevo essere ingenua. Ma in qualche modo, pensavo di potermi fidare degli zandiani. Se avessero voluto farci qualcosa, avrebbero già potuto farlo. Inoltre, adesso non potevo fare altro per Enya se non lasciarla riposare.

Presi la roba e andai nello stanzino. «Grazie.»

Pochi minuti dopo, rinfrescata e vestita con i pantaloni e la giacca mimetica – era un po' stretta, in realtà, e tirava sul mio seno generoso -mi sentivo come nuova. Rinata. Anche il solito dolore alla gamba era più leggero. I pantaloni nascondevano le brutte cicatrici e la leggera torsione dell'osso, lo spostamento della rotula, la pelle lacerata e bruciata sul polpaccio, erano nascosti alla vista. Solo la zoppia tradiva la mia storia.

TAREK

. . .

«AGGIORNAMENTO SULLA DISTANZA?» Drayk era in piedi alle mie spalle e osservava gli schermi.

«Una rotazione planetaria verso lo spazio aereo zandiano alla velocità della luce. Nessun problema previsto. L'ammasso di asteroidi Crellix è in fase calante e posso guidarci attraverso senza problemi.» Indicai la fascia sul mio monitor olografico, il mio collegamento mentale mi mostrò dove toccare in modo che potesse vederla con i suoi occhi. «Rimarremo in modalità automatica per le prossime ore e dovrò gestirlo solo se riscontriamo un problema.»

«Bene.» Si sedete sul sedile imbottito da pilota e si girò per guardarmi. «Come stanno le umane?»

«Jass ha sedato la più giovane per curarla, come ha suggerito il dottor Daneth tramite olo. Per fortuna la sua balia, Zina, ha acconsentito.»

«Più facile così.» Annuì. «Ma Zina non voleva riposarsi?»

Mi piaceva il modo in cui il suo nome suonava sulla mia lingua. Zina.

«Apparentemente no.» Resistetti all'impulso di girare la testa verso il corridoio che portava alla capsula medica. «Forse possiamo interrogarla e imparare di più sulla storia di Enya. Sarà utile al dottor Daneth una volta arrivata, e ovviamente a sua madre.»

Trattenni il fiato. La verità era che, anche se credevo a quello che avevo appena detto, volevo semplicemente passare del tempo in presenza di Zina. Percepirla. Annusarla. Toccarla.

«Possiamo organizzare una conferenza olografica con il dottor Daneth.»

«Configurala.»

Feci cenno a un membro dell'equipaggio di portarla, e quando arrivò, tutto il mio corpo fremette per la sua vicinanza. «Ciao.» Alzai la mano, ma mi fermai prima di toccarla. Le indicai un sedile accanto a me e al capitano.

«Zina, vorremmo farti alcune domande.» La voce del capitano era forte e sentii Zina ritirarsi contro il sedile, come se avesse paura.

«Non nascondo nulla» iniziò con voce alta e tesa. Sentii l'odore del suo sudore.

«Ha paura» interruppi, alzandomi e mettendo il mio corpo tra il suo e quello del capitano. Non sapevo perché *kazo* lo avessi fatto, ma mi ritrovai in piedi prima di rendermene conto. «Mantieni la voce più neutra.»

Lo seguii incrociando le braccia.

«...capitano» aggiunsi, chinando la testa. Su questa navicella era il mio superiore. «È un suggerimento per mettere a proprio agio il nostro essere umano.» Alzai le mani. Non sapevo perché sentissi il bisogno di proteggerla. «Come sappiamo, preferiscono toni bassi e voci sommesse quando vengono poste domande.»

Inclinò la testa, anche se sapevo che più tardi ci sarebbe stato un seguito. «Concordato. Zina, non ti faremo del male. Dobbiamo conoscere te ed Enya. Questo» indicò l'ologramma, «è uno dei più rispettati zandiani sul pianeta. Ti ascolterà e farà anche domande.»

Espirò. «Va bene.» La sua voce era ancora un po' tremante, ma il tono di terrore era sparito. «Cosa volete sapere?»

«Quanti cicli solari ha la piccola di cui ti prendi cura?»

«Nove.»

«Dove viveva? Com'era la sua vita quotidiana?»

Lei si irrigidì. «Perché questo interesse per Enya?»

«Siamo interessati a entrambe» disse tranquillamente il capitano. «Ma sarà più difficile prendersi cura della piccola. Vogliamo capire cosa serve.»

Zina appariva ancora diffidente.

«La bambina è stata aggredita in qualche modo? Ferita?»

«Siamo state tutte aggredite» disse in tono rigido. «Ma non presenta lesioni permanenti.» Sentii la sua tensione aumentare. Diresse la sua attenzione sul dottor Daneth. «Vuoi sapere se è vergine?»

«Lo è?» chiese lui.

Lei non rispose.

«Non mettiamo all'asta né vendiamo vergini su Zandia. È questo ciò che temi?» dissi dolcemente.

Lei girò la testa nella mia direzione. «Perché tutte queste domande, allora?»

«Cosa sa delle sue origini: sua madre?» chiese Daneth.

Zina sembrava sorpresa da queste domande. «Niente. Come potrebbe? Proviene da un allevamento di schiavi. Nessuno di noi conosce la propria madre.»

Il dottor Daneth annuì come se si aspettasse questa risposta.

«Sono io la sua famiglia adesso. E state facendo un sacco di domande.» Sembrava sospettosa. Come se stesse cercando di capire qualcosa.

«Vi stiamo portando sul nostro pianeta e spetta a noi comprendere la vostra storia medica e di vita» interruppe il capitano, con voce pacata.

«Sììì...» Si morse il labbro; me lo dissero i miei sensori. «Ma di me non avete chiesto quasi nulla. Un sacco di cose su Enya.» Lo sguardo passò da lui a me. «E all'asta» la sua voce si fece più forte, «non stavate cercando umane a caso. Avete controllato il suo codice a barre.» Ora la sua voce era forte. Al massimo. «Volevate lei, in particolare. Perché?»

Respirava rapidamente. Si alzò e strinse i pugni. «Ditemelo subito. Cosa volete da lei? Avete intenzione di venderla? Farle del male? Usarla per... qualcosa? Esperimenti? Accordi commerciali?»

«Siediti» scattò il capitano, proprio mentre dicevo: «Niente di tutto questo.»

Zina si lanciò contro di me, forse perché ero il più vicino, e mi colpì con i pugni. Mi prese a calci con la gamba buona, poi gridò per il dolore e crollò. Automaticamente la avvolsi tra le braccia e la tenni stretta. «Fermati, Zina» ordinai. «Nessuno farà del male a te o a Enya, quindi non costringermi a legarti.»

Noi. Intendevo non *costringerci* a legarti. Tranne per il fatto che l'avrei fatto io. Non avrei permesso a nessun altro di toccarla. Non quando stava così.

«Morirò prima di permettervi di farle qualcosa» ringhiò e si dimenò tra le mie braccia, come un'anguilla elettrica.

«Kazo» ruggii quando mi morse il braccio. Forte. Quasi la feci cadere. «Smettila.»

«Lasciami andare!» Mi morse di nuovo.

«Smettila subito.» Anche senza vedere, era facile bloccarle le braccia alla vita. Era così piccola e fragile, come tutte le femmine umane. Non c'era niente che potesse competere con un guerriero zandiano. Anche se cieco.

Le parlai all'orecchio. «Non. Abbiamo. Intenzione. Di. Venderla. O. Farle. Del. Male.» Continuò a dimenarsi, quindi aggiunsi: «Neanche a te.»

Mi prese a calci nello stinco. Non mi fece male, nonostante lo stivale duro. Difficilmente avrei pensato che un piccolo essere umano avrebbe potuto danneggiare un potente zandiano. Ma aveva molta energia, questo andava detto.

«È un bene che non sia addestrata come Mirelle» osservò il capitano Drayk.

«È comunque una peste.» La ripresi, felice che avesse ragione. C'erano pochi esseri umani ben addestrati come Mirelle che potevano abbattere anche i guerrieri più esperti.

Questo non fece altro che farmi irrigidire le antenne e il cazzo.

Il suo corpo era sexy e morbido, ma sodo nei punti giusti. Combattei l'impulso di morderle il collo e di seppellire le labbra tra i morbidi capelli. Dovevo ammettere che mi divertivo a tenerla prigioniera contro il mio corpo. Mi schiarii la gola. «Come potete vedere.»

Il capitano aveva una strana espressione sul viso. Forse i sensori non lo rilevavano correttamente: sembrava quasi che volesse ridere. Ma invece si alzò e annuì.

«Tarek» ordinò, «contieni l'umana. Riportala all'infermeria e disciplinala. Pericolosa o no, ha bisogno di imparare il rispetto e la moderazione.»

«Sì, capitano.» Volentieri. Le antenne diventarono rigide e spesse sulla mia testa, mostrando a tutti quanto quell'idea mi attraesse.

Sapevo come venivano punite le femmine umane su Zandia. La ricerca e l'applicazione pratica del dottor Daneth avevano dimostrato più e più volte che la punizione di natura sessuale – sulle natiche, sul seno o sulla figa nudi – forniva i risultati più positivi. La femmina si legava al suo padrone attraverso la combinazione di umiltà, dolore e piacere, e il suo comportamento poteva essere facilmente modificato man mano che se ne guadagnava anche l'affetto.

Non mi sarei mai aspettato di essere padrone o compagno di un essere umano. Non avrei mai pensato di punire un mio essere umano, ma se il capitano Drayk avesse ordinato a qualcun altro di farlo, sarei impazzito. Forse aveva osservato il mio attaccamento all'umana e me lo aveva concesso.

Me la lanciai sopra la spalla e le battei una mano sul sedere, abbastanza forte da farla sussultare. La portai, mentre ancora scalciava, lungo il corridoio. Non potei fare a meno di notare che ora era pulita e profumava di sapone leggero agli agrumi e del suo delizioso profumo. Alcuni dei suoi capelli mi entrarono in bocca a causa di tutte le sue contorsioni e li sputai via.

«Stop», le sussurrai all'orecchio, una volta che arrivammo alla capsula medica 2. Il tecnico entrò per controllare e io annuii. «Va tutto bene. Resta con Enya nella capsula 1.»

Mi sedetti su una panca sospesa e la misi tra le mie braccia, in grembo. «Ascolta, piccola umana. Non abbiamo intenzione di vendere o scambiare te o Enya. Non posso dirti perché avevamo bisogno di prendere la piccola, ma lo scoprirai abbastanza presto. Zandia è un posto sicuro per entrambe.»

Che *kazo* di situazione. Mi sarebbe piaciuto poterle dire che la vera madre di Enya aspettava sul pianeta, con il cuore in gola, morendo di ansia e bisogno. Ma non potevo. Non spettava a me farlo e il mio onore mi impediva di infrangere la promessa.

«Sei al sicuro, ma devi rispettare noi e le nostre regole. Se desideri che ti venga concesso asilo su Zandia, comportati bene. Su un'astronave, non puoi attaccare un ufficiale. Questo è motivo di reclusione. Sicuramente di punizione.»

«Ma certo che lo è.» Girò il mento e mi guardò accigliata. «E poi mi lancerai nello spazio e mi guarderai esplodere.»

«A dire il vero, ti appiattiresti, non esploderesti» la corressi automaticamente. «Compressa come i tuoi polmoni. In circa quarantacinque secondi. Quello che farò effettivamente è questo.»

In un attimo, attaccai un paio di magno-manette ai suoi polsi sottili e li unii davanti a lei. «Vedi? È semplice. Solo per impedirti, sai, di distruggere accidentalmente qualcosa di importante mentre fai i capricci di fronte a uno dei migliori capitani zandiani della galassia.»

«Lasciami. Andare.» Lottò con forza ma non poteva competere con le manette.

«No.» Mantenni la voce calma. «Sei sotto la mia custodia adesso, piccola umana. Ti rilascerò quando non ti riterrò più un pericolo per gli zandiani sulla navicella.»

Lei si dibatté ancora per qualche istante, poi crollò contro di me, ansimando e tremando. Tanta lotta per una creatura così piccola e fragile. La ammiravo.

Le accarezzai i capelli. Si voltò verso di me, studiandomi con quelli che i miei sensori dicevano essere occhi spalancati. Il suo battito cardiaco rimase accelerato, eppure i suoi muscoli erano rilassati e rimase appoggiata a me, non si allontanò. Interessante.

Mi piaceva averla legata e sulle mie ginocchia. Mi piaceva un sacco. E che fossi dannato se mi sbagliavo, ma pensavo che anche a lei stesse cominciando a piacere. Era stranamente rilassata per un essere che era stato appena malmenato e ammanettato sulla navicella di uno sconosciuto.

«Giusto, perché ci sono ottime probabilità che io possa colpirti con la mia testa dura e farti perdere i sensi, quindi scassinare la serratura di questi con un fermaglio di metallo che troverò sul pavimento, per poi prendere il controllo dell'astronave per farla volare in sicurezza.»

All'inizio mi sentii confuso, poi mi resi conto che era quello strano modo umano di comunicare: il sarcasmo. Stava scherzando con me! Doveva essere un buon segno. Avevo imparato che gli esseri umani lo facevano solo con gli esseri che davano loro un certo livello di conforto. Non lo facevano mai con persone che odiavano o di cui diffidavano. Ma questo non le avrebbe dato la possibilità di fare quello che voleva.

Il tempo trascorso nell'infermeria su Zandia mi aveva dato, per così dire, una certa esperienza nell'arte di scherzare con gli umani.

Valutai la cosa. «La mia testa è più dura della tua e le manette non possono essere aperte con della spazzatura a caso. E il tuo precedente commento sull'esplosione nello spazio mi fa capire che probabilmente non hai nemmeno la conoscenza più elementare sull'esplorazione stellare e sul funzionamento delle navicelle, quindi... no. Nessuna possibilità.»

Lei sbuffò sorpresa. Chiaramente, non si aspettava che mi impegnassi in questo modo. Sorrise e poi nascose la cosa immediatamente.

«Beh, questo è semplicemente meschino.» Strinse gli occhi. «Potresti almeno farmi credere che avessi una possibilità di combattere. Sarebbe la cosa più da gentiluomo e onorevole da fare.»

«Forse non sono un gentiluomo.» La mia risposta fu automatica. Era vero: il mio cazzo era duro sotto il suo culo deliziosamente morbido. Mi concessi l'indulgenza di accarezzarle la coscia. *Kazo*, quest'umana era sexy. Era del tutto inappropriato, ma volevo spogliarla nuda ed esplorarne le curve con la lingua.

«Forse no.» Espirò e inclinò la testa verso l'alto. I capezzoli si erano induriti fino a diventare punte sotto la tunica.

«Ho bisogno di disciplinarti per il tuo comportamento.» La mia voce era bassa e roca. Non volevo terrorizzarla o farla sentire come se fossimo come gli ocreziani, ma avevo bisogno di stabilire la mia padronanza su di lei. Era per il suo bene. Altrimenti avrebbe avuto molte più difficoltà ad adattarsi a Zandia, e re Zander avrebbe potuto non concederle asilo.

«Disciplina?» Non sembrava spaventata. Sembrava... interessata.

«Esatto, piccola umana.» Il mio cazzo era duro come l'acciaio. «Una lezione importante. Un po' di dolore misto a piacere. Per aiutarti a capire qual è il tuo posto qui.»

«Hmm.» Gemette piano.

Il suo profumo cambiò: eccitazione? Proprio come avevo sentito dire. Gli esseri umani amavano essere disciplinati, purché avessero fiducia nel padrone che lo faceva. A patto che si attivassero anche i centri del piacere. Agii senza pensare: le presi la nuca con una mano forte e la tirai verso di me. Reclamai la sua bocca.

Lei sospirò, un verso sommesso, poi ricambiò il bacio. Desiderosa. Si spostò sulle mie ginocchia, sistemandosi, finché il cazzo non divenne ancora più duro. Più duro di quanto avessi mai pensato potesse diventare. Mi afferrò con le piccole mani ammanettate, tirandomi la tuta da volo sul petto, come se volesse che me la togliessi.

Non sapevo cosa toccare per primo: il seno o il punto tra le gambe. Quindi, iniziai con la mano sulla sua vita, poi lasciai che le mie dita si alzassero, lentamente.

«Tarek» sussurrò. «Mi sento... bene. È questa la punizione?»

«Ti sto preparando per la punizione» le dissi.

Forse era vero, non lo sapevo. Sapevo che la punizione delle donne umane era strettamente legata al piacere sessuale. Di solito il piacere arrivava dopo la punizione come ricompensa per la sottomissione, ma perché non cambiare le cose?

Aveva gli occhi chiusi, secondo i miei sensori, e il suo corpo era rilassato nella mia presa. «Mi togli le manette?»

«No.» Mi misi il suo corpo sulle ginocchia e mi chinai per morderle il collo. «Quelle restano.»

Strinsi un capezzolo attraverso il tessuto spesso della sua giacca mimetica e lei gemette leggermente e inspirò. Lo feci di nuovo, più forte. «E mi piace il fatto che tu le abbia, perché con le tue mani fuori gioco, posso fare... questo.» Feci scorrere il palmo lungo la sua gamba, sopra la coscia.

Allargò le gambe e sollevò i fianchi, quindi continuai ad

andare avanti. «Vedi?» Premetti il palmo della mano contro il clitoride, da sopra i pantaloni, e lei spinse più forte contro di me. «Facile accesso, Zina. Proprio come piace a me.»

Le leccai il collo e lo morsi, con forza, e lei emise un verso incomprensibile e gettò la testa sulla mia spalla. «Per favore» mormorò.

«Per favore cosa?» Le accarezzai le gambe, ancora e ancora, sapendo che la pressione era sufficiente per stuzzicarla, ma non abbastanza per darle qualsiasi tipo di sollievo significativo.

«Solo, mmm,» gemette, e io feci scorrere forte il dito sul clitoride attraverso il tessuto. Se fosse stata nuda, le avrebbe fatto male, ma attraverso gli strati di protezione, immaginavo che la pressione fosse giusta.

«Ti piace?» sussurrai.

«Sì.» Si dimenò e aprì di più le gambe, lasciando scendere quella ferita dal mio grembo. «A te?»

«Oh, lo adoro *kazo*. Chiedimi di toglierti i vestiti se vuoi qualcosa di più.»

«Toglimi i vestiti» sussurrò, strattonandomi la tuta.

La girai e le diedi una pacca sul sedere, forte. «Chiedilo gentilmente.»

«Ahia!» gridò, ma fu più per la sorpresa che per il dolore.

«Oh, potrei aver dimenticato di dirlo, piccola umana.» La sculacciai di nuovo, altrettanto forte. «A noi zandiani piace dare alle nostre femmine il giusto incentivo a obbedire.» Le diedi qualche sculacciata sulla parte superiore delle cosce. «Proprio. Come. Questo.»

«Oh, smettila!» Si girò e i miei sensori di riconoscimento facciale mi dissero che mi stava fissando. Ma oh, potevo sentire l'odore della sua eccitazione che diventava più forte di secondo in secondo. E il suo battito cardiaco era più veloce. A questa umana piaceva quello che stavo facendo. Semplicemente non era pronta a sottomettersi.

«Mi fermerò se fai quello che voglio» le dissi. Poi le colpii di nuovo il culo per buona misura.

Respirava in modo affannato. «Toglimi i vestiti... per favore.»

La ricompensai con qualche carezza tra le gambe. «Voglio sentirti implorare.» La sculacciai di nuovo.

Sapevo che non poteva farle molto male per via dei pantaloni spessi, ma immaginavo che sentisse un po' di bruciore. Lei si dimenava e spingeva i fianchi verso l'alto come se volesse di più. *Kazo,* avevo sentito dire che alle umane piaceva la disciplina, ma non ero mai stato in intimità con una di loro. Le mie esperienze erano state fuori dal pianeta con lavoratrici del piacere di altre specie.

Non avrei mai voluto fare del male davvero a Zina, soprattutto non ora che era appena stata salvata. Ma diamine volevo sculacciarla fino a quando il suo culo non fosse diventato rosso e lei avesse pianto per il bisogno del mio cazzo. Dicendomi che avrebbe fatto quello che volevo.

«Ti prego...» stava ansimando. «Toglimi i vestiti. Toccami. Per favore. È così bello.»

«Lieto di accontentarti.» In un attimo, strappai via il tessuto dei suoi pantaloni e li tirai giù lungo i suoi fianchi stretti, gettando da parte l'indumento. Seguirono la giacca e la maglietta. Aveva le cosce magre e forti, e mentre facevo scorrere le dita sulla sua pelle, scoprii che era già così bagnata che la sua umidità rugiadosa era scivolosa tra le sue gambe.

«*Kazo*, Zina,» imprecai, e le toccai delicatamente il clitoride, così dolcemente che probabilmente riuscì a malapena a sentirlo.

Lei rispose come se l'avessi colpita con un fulmine. «Tarek!» Girò il suo corpo e lo contorse, cercando di riportare il clitoride verso il mio dito. «Oh, dolce Madre Terra.»

La tenni ferma. Sarebbe stato divertente. L'avrei stuzzicata senza pietà prima di lasciarla venire: le avrei mostrato chi comandava. Glielo avrei fatto desiderare più di qualsiasi cosa avesse mai desiderato in vita sua.

* * *

ZINA

ERO nuda sulle sue ginocchia e volevo di più. Volevo sentirlo, toccarlo, avere il suo corpo nel mio. Non l'avevo mai fatto prima, ma era come se il mio corpo sapesse cosa fare. E ovviamente avevo sentito da altre umane come funzionavano quei meccanismi.

Non avrei dovuto farlo, ma dopo tutto quello che avevo passato? Madre Terra, era magnifico semplicemente... sentirsi bene. Lasciare che la mia mente si spegnesse e che il mio corpo provasse piacere. Ero pronta a piangere per quanto era bello essere accarezzata in questo modo, sentire il tocco di un essere che desiderava procurarmi piacere, non dolore.

Non mi avrebbe tolto le manette e la cosa mi avrebbe fatto impazzire dal desiderio. Mi stava facendo impazzire.

«Ah!» Gridai, mi si annebbiò la mente, per poi riempirsi di colore. Adesso mi accarezzava, le sue dita toccavano e scivolavano così abilmente che pensavo di essere in procinto di morire. Una sensazione mi crebbe nella pancia, sovrastando qualsiasi cosa avessi mai provato. Mi ero toccata in passato, a letto la sera, ma non mi ero mai sentita così bene. Così potente.

«Shhh, non ancora» sussurrò. «Ho appena iniziato.»

«No» gemetti. Lo amavo e lo odiavo. Volevo che questa sensazione continuasse per sempre; avevo bisogno che crescesse ed esplodesse, perché se mi avesse tenuta qui in questa zona sarei morta di bisogno.

«Ah, ma le umane non dicono di no ai loro padroni zandiani» mi rimproverò. E prima che potessi rispondere, mi tirò di lato e mi sculacciò il culo un paio di volte.

«Ahi» sussultai, ma anche se bruciava, mi piaceva. Forse addirittura lo adoravo. Era depravato? Non mi piaceva essere punita da un crudele signore supremo che brandiva uno shock stick. Ma questa intima mescolanza di piacere-dolore era tutt'altra cosa.

Non avvertivo alcuna crudeltà in lui. E sembrava davvero che volesse il mio piacere. Mi mise un dito tra le cosce, nel mio nucleo, e mi accarezzò. Quasi andai a fuoco.

«Tarek» lo pregai.

«Così?» lo fece di nuovo. Ancora. Poi, con mia sorpresa, fece scivolare un dito lubrificato con i miei succhi nel mio buco posteriore.

«Ohhh.» Strillai allarmata e contrassi le natiche, ma rilasciai i muscoli un secondo dopo, quando lui mi accarezzò di nuovo la figa.

«Va tutto bene, ti piacerà» promise.

E aveva ragione. Con un dito nella figa e un altro nel culo, le sue mani che si impegnavano sul mio corpo, iniziai a costruire quel glorioso pinnacolo che mi aspettava, appena oltre la mia vista. Chiusi gli occhi e quasi singhiozzai mentre lui aumentava la pressione sulla mia pelle, poco a poco.

Ero sudata e completamente bagnata tra le cosce e non mi interessava. Lo adoravo.

Sentii il suo cazzo sotto il mio corpo. «Liberami» lo implorai. «Posso toccarti anch'io. Darti piacere in cambio.»

Continuò ad accarezzare il mio corpo. «Dimmi che vuoi venire», chiese. «Se me lo chiedi gentilmente, ti darò il permesso.»

«Non voglio chiederlo.» Nel pieno della mia passione,

sentivo il bruciore dell'irritazione per il fatto che rivendicava la proprietà.

«Allora non otterrai quello che vuoi.» Tolse le dita dal mio corpo.

Mi sentivo così persa e vuota senza il suo tocco. «No, per favore.» implorai subito, allargando le gambe. «Per favore. Te lo chiederò. Per favore, toccami, fammi venire.»

«Mi permetterai di possedermi in questo modo? Di controllare il tuo piacere? Ogni volta che voglio?» Mi pizzicò dolcemente il clitoride, poi mi accarezzò. Su. Giù. Su. Giù.

Rinunciai a ogni controllo. «Sì, sì, per favore.»

«Chiedimi di sculacciarti. Poi ti lascerò venire.»

«Per favore, sculacciami.» Lo dissi senza riserve, e la verità era che volevo provare quel bruciore sul culo. Mi piaceva come mi faceva sentire. Mi piaceva il modo in cui possedeva il mio corpo, perché anche quello che stava facendo in questo momento, con tanta abilità e maestria, veniva messo in atto con precisione e cura.

«Quando vuoi, Zina.» Mi manovrò in modo che il mio sedere fosse rivolto verso il soffitto della navicella e mi sculacciò ancora, ancora, ancora. Ogni schiaffo mi faceva bruciare ancora di più finché non riuscii più a sopportarlo.

Lanciai un grido strozzato e lui sembrò capire esattamente cosa intendessi.

«Ora vieni.» Le sue mani erano tornate sul mio culo e sulla figa, gestendomi come per magia, e la mente e il corpo mi esplosero in una sinfonia di piacere così improvvisa e magnifica che gridai ancora e ancora.

* * *

TAREK

.   .   .

Giaceva sulle mie ginocchia, esausta, ansimante, bagnata di sudore ed eccitazione. I suoi capezzoli erano tesi dal piacere, e io mi chinai e li succhiai mentre scendeva dal suo apice.

Sorrise ed emise un gemito di piacere e le palpebre le tremolarono. Le sue mani ammanettate poggiavano sulla pancia piatta. «Era... non ho nemmeno parole.»

Potevo percepire il rilassamento che emanava dal suo corpo. Era come se la tensione, la paura e la rabbia si fossero dissipate, lasciandola libera per la prima volta da quando la conoscevo. Ed era bello sapere che ero stato io a darglielo.

Le avevo dato piacere mentre era legata, e quel pensiero mi eccitava ancora di più. Il mio cazzo era come il ferro. Non desideravo altro che piegarla sulla piattaforma del sonno e seppellirmi nella sua figa stretta...

La mia comunicazione gracchiò. «Tarek, presentati al ponte.»

Merda.

Mi resi conto di dove ero e di cosa avevo fatto. Eravamo qui in missione di salvataggio per salvare una bambina umana e io, il navigatore responsabile, mi ero preso una pausa per fottere un'umana.

Sussultai.

Naturalmente c'era qualcuno di backup sul ponte. E naturalmente mi avrebbero chiamato in caso di emergenza. Ma cosa *kazo* stavo pensando, perdendo la testa e il controllo in questo modo?

Anche se le avevo procurato piacere, non avrei dovuto assolutamente toccarla! *Kazo*. Che pasticcio stavo combinando. Ogni essere sapeva quanto le umane potevano essere sensibili ed emotive, con quanta facilità si legavano. Probabilmente non avrei visto né avrei avuto contatti con il delizioso essere umano una volta atterrati su Zandia. Non avremmo avuto motivo di interagire, e non c'era alcuna possibilità che re Zander mi concedesse, con il mio difetto genetico, una procreatrice valida come compagna. Eppure, probabilmente avevo appena creato un legame emotivo con lei. Da parte sua.

Non mia. Io non riuscivo ad affezionarmi.

Aggrottai la fronte, non mi piaceva il modo in cui mi si stringeva il petto a causa di questi pensieri. Feci scivolare Zina dalle mie ginocchia e la misi accanto a me. I suoi vestiti erano strappati: avrebbe avuto bisogno di cambiarli.

Toccai il mio dispositivo di comunicazione. «Jass, porta un'altra tuta di volo per l'umana Zina. Inseriscila nel passavivande.»

«Affermativo.» Se Jass aveva qualche sospetto sul motivo per cui la tuta che aveva non era più adatta, non lo aveva fatto capire dal suo tono. In pochi secondi comparvero i nuovi capi.

Mi alzai e aprii gli indumenti piegati. «Ecco.» Lo dissi con tono burbero mentre li consegnavo a Zina. Mi sistemai il cazzo, che era scomodamente stretto nei pantaloni. Anch'io non avevo provato piacere e non potevo andare a masturbarmi in un angolo. *Kazo.*

Alzò le mani ammanettate. «Non posso.»

Sbloccai le manette tra loro, ma le lasciai attaccate a ciascun polso. «Non attaccare nessun altro, altrimenti verranno attivate di nuovo.» Sapevo che il mio tono era troppo duro per quello che era appena successo. Quello che non sarebbe dovuto succedere. Non ero proprio riuscito a resisterle.

«Dovrei tornare da Enya.»

Anche lei si era pentita di quello che avevamo fatto? Peggio ancora, pensava che significasse in qualche modo una promessa di... fedeltà? Di accoppiamento? Non sapevo come la pensavano le umane. E anche se l'avevo desiderata disperatamente – e la desideravo ancora – non potevo offrirle nulla.

«Giusto.» Mi schiarii la gola, allungando la mano per toccarle il braccio. «Mi è piaciuto quello che abbiamo fatto, Zina. Molto. Ma non sarò il tuo padrone o compagno, quindi... non può succedere di nuovo.»

Aggrottò la fronte, ma alzò le spalle. «Va bene.»

Immaginavo che lo stesse dicendo solo per chiedere la conversazione. Ma era accettabile. Perché non avrei mai più potuto toccarla in quel modo.

«Era... volevo... volevo solo...» Non sapevo cosa volessi dire. «Volevo farti sentire bene. Ma non volevo darti aspettative.»

«Mi sono sentita bene.» La sua voce conteneva un sorriso. Ma poi svanì nella frase successiva. «Ma non ho aspettative.» Si avvicinò ai pantaloni da volo e iniziò a indossarli. Sussultò quando infilò la gamba malata.

«Ti fa male?» Nonostante mi fossi appena ripromesso di non interessarmi a lei, mi chinai subito per toccarle la gamba, ma mi fermai quando lei la allontanò.

«Sto bene. Va tutto bene.» Si tirò su velocemente i pantaloni. «Beh, ho una aspettativa. Solo una. Che voi zandiani mi permettiate di continuare a prendermi cura di Enya.» Allacciò i pantaloni in vita. «Sono come... sua madre, Tarek.» La sua voce si addolcì. «L'unica che conosce. E sai cosa? Per me va bene. Sono felice di prendermi cura di lei.» Mi toccò il braccio. «Voglio continuare a farlo.»

Una sensazione di freddo iniziò ad attraversarmi il petto. Sapevo già che stavano progettando di portare Enya direttamente in isolamento medico e poi di permetterle di incontrare e legare con la sua madre biologica. Non credevo che avrebbero tenuto Zina con lei durante tutto questo. Mi uccideva il fatto di non poterglielo dire. «Bene, sono sicuro che sarà fatto tutto il possibile per aiutare entrambe a riprendervi» dissi, il che era vero.

I miei sensori colsero una microespressione, una punta di

dubbio, di sfiducia. La stessa faccia che aveva fatto sul ponte quando non avevamo risposto alle sue domande sul perché stavamo cercando Enya.

Parlai velocemente per non permetterle di farmi domande a cui non potevo rispondere. «Su Zandia, se ti verrà concesso asilo, potrai…scegliere un compagno. Avere figli tuoi.» Perché quell'idea mi riempiva di rabbia e tristezza? Sapevo di non essere in grado di accoppiarmi. E non volevo nemmeno il fastidio di avere a che fare con un essere umano. Riuscivo a malapena a gestire il mio corpo cieco e idiota. Sapevo che non poteva essere mia, quindi perché avrebbe dovuto importarmene?

Lei scosse la testa. «Sono merce danneggiata.» Si toccò la gamba, da sopra i calzoni. «E sono stata sterilizzata.» Si toccò la pancia. «Non posso avere figli miei.» Alzò il mento. «Ma ho Enya. L'ho cresciuta e lei ha reso sopportabile la convivenza con questo dolore.»

Mi guardò dritto negli occhi e aggiunse: «Lei è la mia vita. Senza Enya…» sussurrò. «Senza Enya, non ho motivo di vivere.»

Un brivido freddo mi percorse la schiena.

«Tarek, c'è bisogno di te al ponte» gracchiò il mio comunicatore, risparmiandomi la difficoltà di formulare una risposta.

Risposi automaticamente. «Venti secondi.» Mi rivolsi a Zina, sperando che la mia posizione trasmettesse empatia, scuse, qualunque cosa avesse bisogno di vedere.

Sicuramente Zina avrebbe gestito il futuro... benissimo. Giusto? Era un essere umano tosto. Una combattente.

Alzai la mano, un gesto ridicolmente sterile, data la natura di ciò che avevamo appena fatto. Quello che le avevo fatto. Ma non potevo darle di più.

«Buona fortuna» le dissi, poi mi girai e uscii dalla capsula.

CAPITOLO CINQUE

Zina

Z «Dov'è Enya?» Mi sedetti, il cuore mi batteva forte, la testa pulsava dal dolore.

Spinsi via la coperta sconosciuta, morbida e ariosa, e faticai ad alzarmi in piedi, gli occhi socchiusi mentre si adattavano alla luce morbida e brillante. «Dove sono?»

«Sei nella caserma umana. Il tuo nuovo dormitorio. Ciao. Sono Abbi.» Vidi l'immagine di una donna galleggiare davanti a me finché non misi a fuoco mentre sbattevo le palpebre e mi strofinavo via l'appiccicume dagli occhi. «Sono qui per aiutarti ad ambientarti e ad adattarti. Per assicurarmi che tu stia bene.»

Non mi importava di lei. Girai la testa di colpo, guardandomi intorno: mia figlia non c'era. Il mio stomaco si agitò dal terrore e la testa sembrò di piombo. «Per favore, Enya ha bisogno di me.»

Mi sedetti di nuovo mentre la stanza iniziava a inclinarsi, solo un po', ma abbastanza da farmi perdere l'equilibrio.

«Lei sta bene. Prendi questo» mi incoraggiò Abbi,

lanciandosi in avanti con un tubo di fluido. «Concediti un momento. Dormi da più di ventisette ore.»

«Che cosa? Perché?» Mi misi una mano sulla testa e la strofinai, sperando che il dolore lancinante si calmasse. «Mi si sta spaccando la testa.»

«Probabilmente è l'adattamento alla nostra atmosfera. È più o meno lo stesso a cui sei abituata, ma il tuo corpo ha comunque bisogno di adattarsi. Inoltre, stai ancora guarendo.»

Toccò il mio kit medico, che lampeggiava con tre luci verdi e una gialla. «Vedi?»

«Non so cosa sta succedendo.»

Si voltò e iniziò a darsi da fare, sistemando alcuni pacchetti di carta stagnola argentata. «Hai fame? Mi è stato ordinato di...»

«No, portami semplicemente da Enya. Lei è la mia famiglia. Ho bisogno di stare con lei.»

«Uhm... non è possibile, in questo momento.» Mise giù i pacchetti. «Mi dispiace tanto.»

Mi alzai e le toccai la spalla. «Hai detto che stava bene.» Intrecciai le mani.

«Oh, ma è così! Zina, è un'ottima notizia. Ne sarai felicissima. Enya incontrerà sua madre.» Un istante. «La sua madre biologica.»

Ora la stanza girava davvero. La mia voce era debole. «La madre biologica? Qui? Su Zandia?» Mi sedetti di colpo.

«Sì. Bayla aspetta questo momento da molti cicli solari. Nessuno avrebbe mai pensato che sarebbe successo.»

Era questa la cosa che non mi dicevano sulla navicella. Il motivo per cui stavano cercando proprio lei.

Avrebbe dovuto essere un'ottima notizia. *Era* un'ottima notizia. Ma per qualche motivo, il mio corpo reagì con panico. Strinsi le mani, sentivo caldo e freddo allo stesso tempo.

«Non posso crederci. È vero?»

«Sì. Sua madre è accoppiata con il dottor Daneth, il medico reale, e lei spera da tanto tempo in un ricongiungimento con le sue piccole. Ora che sta accadendo, è un miracolo!»

«E non mi vogliono lì mentre incontra... sua m-madre?» era difficile pronunciare quella parola con il nodo che avevo in gola. Le emozioni mi attraversavano e non riuscivo a concentrarmi. «Enya... non mi voleva lì?»

Abbi distolse lo sguardo. «Uhm, è solo che eri in infermeria e poi avevi bisogno di dormire e riposare, e la delegazione ha deciso, beh, che forse sarebbe stato più facile per lei fare la transizione iniziale senza di te. Solo per poter incontrare sua madre il prima possibile, sai?»

«Ma io... non siamo mai state separate. È come la mia piccola, o una sorellina.» Mi alzai e gesticolai. «Abbi, per favore. Potrebbe essere spaventata, o sotto shock, o...» Il cuore mi batteva forte. «Ha bisogno di me.»

Abbi si voltò ed esitò, forse la vista della mia espressione la stava allarmando. «Mi dispiace tanto, ma ho istruzioni di, ah, non portarti da lei.» E aggiunse: «Non ancora. Fino a quando non avremo l'approvazione.»

Mi sedetti, respiravo affannosamente e mi girava la testa. «No.»

Mi toccò il braccio. «Mi hanno detto che sta bene. È solo una situazione temporanea, finché non supera il primo ostacolo. La rivedrai. E so che ti sono tutti grati per esserti presa così tanta cura di lei. È ovvio che probabilmente non sarebbe viva se non fosse stato per te.» Abbi mi strinse le dita. «Sei una specie di eroina.»

Tremai, improvvisamente fredda. «Non sono un'eroina, Abbi. Sono solo un essere umano che ha cercato di sopravvivere alla schiavitù galattica, come tutti gli altri.»

«A volte questo è vero eroismo.» Mi sorrise, ma non

riuscii a rispondere. Francamente, non sapevo cosa stesse succedendo dentro di me in questo momento. Avrei dovuto essere felice per Enya e sua madre. Ma non potevo fare a meno di sentirmi inutile, come se mi avessero scartata come spazzatura che non era più necessaria. Mi toccai la gamba.

«Devi solo riposarti ancora un po', poi inizieremo il processo per abituarti a Zandia.» Afferrò una lussuosa coperta di seta di ragno, del tipo usato solo dal mio ex padrone ocreziano, e me la avvolse attorno alle spalle. Mi resi conto che anche i miei vestiti, un abito aderente, erano morbidi e lussuosi. Non avevo mai sentito un tessuto simile sulla mia pelle prima. Sicuramente una specie che mi mostrava tale gentilezza e accoglienza non avrebbe mentito su Enya. Lo avrebbero fatto?

Mi diede una pacca sul braccio. «So che sei abituata a vedere accadere cose brutte. Ma questo posto è buono. Qui siamo praticamente libere. Gli zandiani sono gentili e benevoli. Te lo prometto.» Abbassò il tono. «Ogni donna umana qui ha attraversato l'adattamento iniziale e noi ti aiuteremo.»

Nonostante il panico per la separazione da Enya, ero certa che avesse buone intenzioni. Che fosse seria.

Annuii. «Grazie.»

C'era molto di cui essere grata qui – la mia vita, la mia sicurezza, essere su un pianeta dove avrei avuto una parvenza di libertà – per la prima volta nella mia vita.

Eppure, senza Enya tra le mie braccia, mi sentivo così vuota.

Che aspetto aveva sua madre? Enya mi avrebbe dimenticata immediatamente?

Ero sicura che non lo avrebbe fatto. Non poteva!

E se non avesse mai più avuto bisogno di me? Come poteva fare una cosa così grande senza di me al suo fianco? La mia vita sembrava improvvisamente priva di significato. In tutti quegli anni da schiava, ero stata forte nel proteggere le più giovani. Nell'aiutarle a rimanere in vita, a restare al sicuro. Una dopo l'altra, le più piccole erano state portate via dalle mie cure, ma avevo ancora Enya. Lei era la mia famiglia. Il mio tutto.

Le lacrime mi scesero sul viso.

A peggiorare le cose, mi venne in mente l'immagine del forte zandiano cieco... i modi meravigliosi con cui mi aveva toccata. Non sapevo perché sentivo di aver bisogno di lui, in particolare, ma era così.

Forse era una risposta biologica al legame con un nuovo rapitore, ma avevo creato un attaccamento nei suoi confronti.

E le cose che aveva fatto al mio corpo... non avevo mai provato un piacere così prima. Ma sembrava essersi pentito di ciò che avevamo fatto.

Abbi si schiarì la voce. «Stai bene?»

Alzai il mento. «Sto bene.» E sarebbe stato così. Dovevo solo andare avanti. Quante umane avrebbero ucciso per essere al mio posto? Era stupido lamentarsi di cose meravigliose. Avrei rivisto Enya molto presto e le cose sarebbero andate... bene. «Dimmi di più su Zandia.»

CAPITOLO SEI

Zina

«Ora devo punirti.» L'imponente ufficiale di navigazione cieco mi teneva tra le sue ginocchia, abbassando il corpetto del mio vestito per esporre i miei seni. Si sporse in avanti e succhiò il capezzolo mentre pizzicava e torceva l'altro. «Sei stata un'umana cattiva e io sono il tuo padrone. Sarà mio dovere tenerti in riga.»

«C-come lo farai, padrone?»

«Con la frusta e la lingua.» Mi fece schioccare una frusta davanti alla faccia, ma non avevo paura, ero emozionata. «Ora togliti i vestiti, piccola umana. È l'ora della tua punizione.»

Mi tolsi in fretta il bellissimo vestito zandiano e restai nuda davanti al mio nuovo padrone.

«Mani contro il muro.»

Mi affrettai a obbedire, premendo le mani contro il muro e spingendo il sedere in fuori per la punizione.

Mi frustò, il dolore della cinghia mi mandò in delirio, fino a farmi ansimare e implorare di averne ancora.

Poi mi prese in braccio, mi mise sulla scrivania e mi allargò le gambe...

Mi sdraiai a faccia in giù sul lettino e infilai le dita tra le gambe finché non gemetti contro il morbido cuscino e venni. I miei fianchi si piegarono sulla mano mentre arrivava il rilascio accompagnato da un affannoso respiro e da un gemito.

Ridicolo.

Non potevo credere che stessi fantasticando su quel maschio.

Era un segno di quanto fosse spaziosa la mia vita qui su Zandia. Il fatto che avevo persino della privacy, il tempo e il desiderio sessuale per masturbarmi. In tutti i miei anni su Ocrezia, raramente mi ero divertita o addirittura ci avevo pensato. Adesso era un rituale mattutino.

E pensavo sempre a *lui*.

Ancora arrossata dal sollievo, mi alzai dal letto. La mia stanza era semplice e austera, ma comunque cento volte migliore delle condizioni in cui vivevo su Ocrezia. Avevo la mia stanza! Ero stata nutrita con i cibi più deliziosi! E non avevo dovuto lavorare, ancora. Finora mi era stato permesso di acclimatarmi e seguire gli altri in varie occupazioni. E poi dicevano che potevo scegliere dove lavorare.

La vita sarebbe stata perfetta se solo avessi potuto vedere Enya. Nella vita reale, intendevo. L'avevo vista durante una breve chiamata olografica, dopo che avevo iniziato a fare storie sulla necessità di sapere che era al sicuro.

E lo era.

Non aveva detto molto, però. Aveva solo confermato che era con la sua madre biologica e che tutto andava bene.

Avrei dovuto essere in grado di voltare pagina e iniziare una nuova vita. Non sapevo perché mi sentivo così dannatamente persa, però.

* * *

TAREK

. . .

RESTAI nel mio lavatoio con il cazzo in mano, scuotendolo come se volessi tirarlo fuori.

Tutto quello a cui riuscivo a pensare era Zina, la delicata umana che avevo avuto modo di abbracciare e a cui avevo dato piacere sulla navicella. Mai in mille viaggi stellari avrei immaginato di ritrovarmi a prendermi cura di una femmina umana.

Di essere l'unico ad amministrare la sua punizione. Ad insegnarle le nostre usanze.

Le femmine mi evitavano. Per loro ero grottesco con i miei occhi ciechi e la mia stazza enorme. Ero burbero e scontroso, probabilmente spaventoso.

Eppure, questa mi era rimasta impresso fin dall'inizio. Per qualche ragione sconosciuta, aveva scelto me come lo zandiano di cui fidarsi. E questo mi faceva venir voglia di ricoprire quel ruolo per lei.

Ma non potevo. Il re non mi avrebbe mai concesso il permesso di accoppiarmi. E non ero disposto a umiliarmi chiedendoglielo.

La mia cecità mi aveva umiliato dal giorno in cui ero nato.

Pensai alla sensazione dei suoi capezzoli tesi contro la mia lingua, al profumo della sua eccitazione, e venni, flussi di sperma color arcobaleno colorarono la parete del lavandino. Premetti il pulsante di riempimento per lavarmi di nuovo.

Kazo.

Dovevo dimenticare quella piccola umana attraente e concentrarmi sul mio lavoro. Il re aveva investito un'enorme quantità di risorse per "aggiustarmi" e dovevo a Zandia il mio meglio.

* * *

Zina

«Hai deciso dove vuoi fare l'apprendistato?» Era la terza rotazione planetaria consecutiva che Abbi me lo chiedeva, ed ero stressata all'idea di conoscere la risposta giusta. Ma almeno avevo molta più familiarità con Zandia, dopo aver vissuto qui ormai per due settimane. In realtà era... fantastico. Essere più o meno libera per la prima volta nella mia vita? Senza l'oppressione degli ocreziani che ci trattavano come una specie inferiore e disgustosa? Non ero mai stata in una situazione in cui gli esseri umani venivano trattati con rispetto e fiducia, e non riuscivo a credere che non fosse un sogno.

«No. Dove ci troviamo rispetto ai dormitori?» Mi guardai intorno, cercando di orientarmi.

«Allora, Zina, questa è la piazza principale.» Abbi indicò a sinistra. «I dormitori sono dietro l'angolo. Vedi, là dietro?» indicò. «Quella è la strada che porta alla cascata e alla grotta di cristallo. E in quella direzione?» indicò un'area davanti a noi. «Ora oltre la città non puoi vederla, ma ci sono la foresta e i campi. Non andarci da sola, però. Le *vipn* a volte vanno a caccia lì.»

«Va bene. Non lo farò.» Non volevo assolutamente incontrare una di quelle bestie selvagge con la loro saliva velenosa e l'impulso di attacco tale da far accapponare la pelle. «Sembrano ripugnanti.»

«Oh, lo sono. Una volta Mirelle ne ha uccisa una, con un calcio, ma di solito ci vuole uno storditore o un'arma. Ma lei è una guerriera, quindi è diversa.»

«Capito.» Mi spostai sulla gamba malata. «Non è il mio forte.»

«A proposito... dobbiamo rivedere l'elenco delle possibili abilità che vuoi apprendere.» Abbi toccò il comunicatore da polso. Semplicemente non si sarebbe arresa. «Hai ristretto il campo?»

«No.» Era difficile concentrarmi sul mio futuro, perché il solo fatto di essere qui era una distrazione. E quel che era peggio, ero qui da più di due settimane ormai e volevo solo vedere Enya. Mi mancava prendermi cura di lei. Tenerla di notte. Cantare le sue canzoni per aiutarla a superare gli incubi.

Ma qui non c'erano incubi.

E quando chiedevo di vederla, mi veniva semplicemente negato.

È ancora in fase di transizione. Viene attentamente monitorata mentre ricostruisce un legame con sua madre. Ti sono tutti così grati ed Enya è felice, e non preoccuparti, la rivedrai presto. È decisione del medico che sia meglio effettuare la transizione in questo modo. Fidati del processo.

Era tutto molto nebuloso e mi stava facendo impazzire. Ero felice che si prendessero così tanta cura di Enya. Ma mi mancava. Ero preoccupata per lei. Finché non l'avessi tenuta in braccio, non le avessi parlato, non sarei riuscita a concentrarmi su me stessa e il mio futuro.

Sbirciai lungo il primo sentiero, ma vidi solo fantastiche cupole di metallo e alcune macchine sospese.

«È lontano.»

Abbi sembrava sapere che volevo dare un'occhiata ai cristalli. «Visiteremo la grotta tra qualche rotazione planetaria.» Poi guardò la sua lista sul comunicatore. «Allora, che ne dici di medicina? Vuoi imparare a fare il medico?»

Tremai. «No. Uff.»

«Sì, neanch'io. Sangue, niente divertimento.» Si toccò il polso. «Che ne dici dell'agricoltura? Tipo, piante e roba del genere?» Indicò un albero vicino. «Guarda, quello è carino, con quei fiori argentati gonfi. Si chiama Malak. Penso che i frutti servano per... qualcosa.» Agitò la mano.

I fiori erano davvero adorabili, gonfi e fragili, ondeggiavano nella brezza calda. Ma poi immaginai campi di fiori e di frutta. Insetti. Strumenti che... facevano cose. «Non proprio.»

«Come ti trovi con la tecnologia portatile?»

Sbuffai. «Non mi è mai stato permesso di usarla, quindi... non sono così eccezionale. Insomma, posso decodificare molto bene e fare i conti. Il padrone ha bisogno che lo faccia per gestire il programma degli ordini e il budget per la sua famiglia.» Tremai. *Aveva bisogno*, intendo. È difficile abituarsi al fatto che non mi possiede più.»

«Mi ci è voluto un ciclo solare per smettere di guardarmi alle spalle quando sentivo dei rumori di notte.» Abbi inclinò la testa. «C'è un gruppo di supporto di umane a cui puoi unirti. Alcune di noi hanno ancora gli incubi.» I suoi occhi erano tristi, nonostante il suo solito umore. «L'acclimatazione non avviene immediatamente.»

«Va bene.» Mi schiarii la voce, perché parlarne non era divertente. «Quindi sì, posso decodificare.»

«Fantastico. Sono sicura che tornerà utile, qualunque cosa accada. E si sa, la maggior parte degli esseri umani arriva da noi senza sapere nulla della cifratura! E va bene lo stesso. Insegniamo a tutti le abilità. È meraviglioso.»

Era di nuovo così brillante e allegra che non riuscii a fare a meno di sorridere.

Ma anche così, mi guardai intorno, cercando di individuare quale edificio avrebbe potuto ospitare la famiglia reale... ed Enya. Sarebbe stato possibile intrufolarsi e controllare che stesse bene? Probabilmente non era una buona idea. Ero ancora nuova qui e non volevo mettere a repentaglio la mia accoglienza.

«Che ne dici del combattimento? La scuola di volo? Probabilmente no.» Abbi li spuntò senza verificare, ma andava bene, perché aveva assolutamente ragione. «No, avresti bisogno di un background speciale per quelli.»

Cercai di concentrarmi. Non mi avrebbe aiutata pensare a Enya. Dovevo avere fiducia che stesse bene. Che la sua... vera madre... si stesse prendendo cura di lei. Avevo assolutamente bisogno di una distrazione.

«Forse la tessitura? La progettazione di abiti? Sei brava a costruire le cose con le tue mani?»

Il terrore crebbe dentro di me. «Sono brava a prendermi cura dei bambini.» Sbattei le palpebre forte. «È principalmente quello che ho fatto, Abbi. Prendermi cura dei bambini e di Enya. E pulire. Faccio molte pulizie a casa del padrone.» passò un secondo. «*Facevo*.»

«Bene, possiamo metterti nella squadra delle pulizie, immagino.» Abby sembrava incerta. «Ma è un po', come dire, poco gratificante. Ed è sempre temporaneo, finché un essere non trova una carriera più adatta.»

«Non mi dispiace.» Inspirai. «Mi sa che non sono molto brava in altre cose.»

Abbi disapprovava questo pensiero, ma era vero.

Con la coda dell'occhio vidi due alti esseri viola che ci osservavano. «Loro chi sono?» Diedi una gomitata ad Abby e mi avvicinai a lei. Nervosa.

«Oh, sembrano guerrieri, di ritorno da una missione.»

«Come puoi essere così disinvolta a riguardo?» gli diressi un'altra occhiata e arrossii quando uno di loro mi rispose con uno sguardo significativo.

«Probabilmente pensano che tu sia carina.» Abby ridacchiò. «Le nuove femmine umane ricevono sempre molta attenzione. Vogliono una compagna.

«Aspetta, tutti e due? Insieme?» Ero sorpresa.

Ma Abbi si comportava come se fosse normale. «Sì. Non ci sono abbastanza femmine per i guerrieri. Molti zandiani si accoppiano in gruppi di due o tre.»

Guardai di nuovo. «Mi condividerebbero?»

«Se tu dicessi di sì.» Mi tirò la manica. «Sono belli.»

Li studiai. Aveva ragione, anche se non potevano essere paragonati al mio ufficiale di rotta cieco.

Non era *mio*. Stupida.

«Cosa mi dici di Tarek, voglio dire, lo conosci?»

«Tarek?» Si girò a guardarmi. «Certo, tutti conoscono l'ufficiale di rotta cieco. È una leggenda da queste parti. Era sulla tua navicella di salvataggio, giusto?»

«Sì.»

Mi leccai le labbra. I due zandiani stavano ancora guardando. Potevo sentire il loro sguardo, caldo, sulla mia pelle. «Era... interessante.»

«Sì?»

Probabilmente non avrei dovuto dirle cosa mi aveva fatto sulla nave. «È stato accogliente.» sentii il viso avvampare nonostante tutti i miei sforzi per non arrossire. Tossii e poi diventai ancora più rossa. «Insomma, è... non importa.»

«Accogliente?» Strinse gli occhi, un sorriso le aleggiò sulla bocca. «Che cosa significa esattamente?»

«Uhm, beh... si è preso la responsabilità di aiutarmi a rilassarmi.»

Avrei voluto così tanto confidarmi con qualcuno su quello che era successo, ma non credevo che fosse il momento giusto. Inoltre, si sarebbe trovato nei guai se qualcuno lo avesse scoperto?

«Quindi, comunque, è stato gentile.» Inspirai. «Riesce a pilotare senza vedere. Molto impressionante.»

«Ha abilità speciali. Ma non sono sicura che lo definirei gentile. Non è cattivo. Ma è estremamente burbero. La maggior parte dei nuovi esseri umani, e francamente anche quelli più esperti, hanno paura di lui, soprattutto perché è così imponente.» Mi guardò.

«Beh» mi ritrovai a parlare prima di sapere cosa stessi

dicendo. «Questa è l'unica ragione per cui te lo chiedo. Il fatto è che sulla navicella ero davvero interessata all'attrezzatura di navigazione. È semplicemente... affascinante. Potente. L'adoro, in effetti. Forse, insomma, potrei studiarla?»

«Intendi le tecniche di navigazione in volo?» Sembrò sorpresa.

Ero sorpresa quanto lei. Ero arrabbiata con Tarek per non avermi detto di Enya. Avrei voluto strappargli via quelle antenne viola. Quindi, il fatto che io stessi effettivamente chiedendo di lavorare con lui... Non sapevo perché l'avevo detto. Ma nel momento in cui le parole erano uscite, sapevo che era quello che volevo in questo momento.

«Ah sì. È stata una mia passione segreta per molti cicli solari», mentii. «È solo che, sai, mi interessava molto.»

«E hai qualche esperienza in merito?» inclinò la testa. Aggrottò le sopracciglia.

«Uh, no, ma ogni volta che mi sono trovata su una navicella, anche se ero completamente pietrificata dal luogo in cui mi stavano portando, non potevo fare a meno di guardare le console e pensare, wow, mi piacerebbe farlo in una qualche rotazione di pianeta. Se fossi, ah, libera di scegliere.» Cercai di sembrare seria. E innocente. Una che era già stata su un centinaio di navicelle. Cosa che non avevo fatto.

«Hmm. Capisco.» Annuì. Toccò il suo dispositivo di comunicazione.

Rafforzai le mie argomentazioni. «Meglio che pulire. Mi aiuterebbe davvero a concentrarmi e ad adattarmi, se ne avrò la possibilità.»

«Beh, hanno un posto libero per un apprendista navigatore. Ma...» si interruppe. «Devi avere così tanti prerequisiti anche solo per addestrarti. Insomma, addestramento al volo, prontezza al combattimento. Cifratura avanzata. Lettura della mappa. Programmazione. Mappe spaziali, esercitazione sulla fascia degli asteroidi. Tanto per iniziare.»

«Voglio impararlo.» La interruppi. «Sono disposta a lavorare sodo.»

Sembrò incerta. «Posso parlare con il comandante e vedere cosa dice? Ma, e non prenderla nel modo sbagliato, dirà di no. Ci sono molti membri dell'equipaggio di volo in lizza per quella posizione. Sono già combattenti esperti.»

Deglutii. «Ok.»

«Ma è la prima cosa per cui hai mostrato interesse, ed è fantastico, Zina. Semplicemente fantastico! Quindi parliamo comunque con il comandante. Almeno ti farà interagire con gli zandiani e porterà a più opzioni e scelte. Forse può suggerirti alcune opzioni più appropriate per te.»

«Grazie.» Le sorrisi. «È perfetto.»

«Possiamo andarci adesso, alla cupola del volo.» La indicò. «Ci vogliono solo dieci minuti.»

«Va bene se noi... andiamo in giro per la città? Non accompagnate? Dobbiamo registrare la nostra destinazione con i comandanti, oppure...» mi interruppi, sentendomi stupida.

Abbi mi toccò il braccio. «Zina, possiamo andare ovunque, basta che avvisiamo la signora Kaal.» La signora Kaal era la più anziana donna zandiana, responsabile delle umane nel nostro dormitorio.

«Continuo a pensare che devo presentarmi per il servizio.» Mi strofinai il codice a barre sulla nuca. «Che devo ricordare a Enya di nascondere i capelli e il viso, e dirle come tenere gli occhi bassi. E di non camminare troppo velocemente. E...»

Una nuova sensazione si diffuse dentro di me, e ci volle un po' per riconoscerla per quello che era. «Oh, Madre Terra. È così che ci si sente ad essere liberi?»

Era terribile stare senza Enya. Eppure, senza la necessità di tenerla costantemente al sicuro, potevo concentrarmi su me stessa per la prima volta nella mia vita.

Lasciai cadere le braccia e poi le allungai, prima con esitazione, poi con più sicurezza. «Posso fare questo se voglio?» Controllai il viso di Abbi, poi mi girai. «E questo!» Scoppiai a ridere. «Posso farlo!» Mi girai e mi rigirai. «Abbi, questo è...»

Una botta. Toccai qualcosa di solido. «Ooops.»

Delle mani forti mi afferrarono, una presa potente ma non dolorosa allo stesso tempo. «Attenta, piccola umana.»

Il mio corpo pulsò di adrenalina. Era lui. *Tarek!* Avrei riconosciuto quella voce ovunque. E il suo tocco... era come elettricità sulle mie braccia nude.

Anche lui si accorse subito che ero io. Anche se non poteva vedermi. «Zina.» La sua voce era rauca. «Sei qui fuori?» Si rivolse ad Abbi. Poi a me. «Stai bene?»

«Per quanto possibile, considerando che mi hanno portato via Enya.»

Non mi aveva ancora lasciata andare e non mi dispiaceva. Mi piaceva. Fece scivolare le mani lungo le mie braccia fino alle mani e le strinse leggermente. Abbassò la voce. «Mi stavo proprio chiedendo di te.»

«Se avessi voluto, avresti potuto trovarmi.» Mi avvicinai. Era inappropriato, ma non potevo resistere. Maledissi dentro di me il tono lamentoso e bisognoso della mia voce. «Ma non l'hai fatto.»

«Ero in servizio.» La sua voce si fece più fredda e mi lasciò andare le mani. Fece un passo indietro, come se si fosse appena ricordato che ero fatta di lava bollente o di qualcosa di tossico.

Sospirai. Ma non riuscii a staccargli gli occhi di dosso. E i suoi erano puntati su di me, anche se sapevo che non poteva vedere. Presumevo che i suoi sensori cerebrali gli stessero fornendo informazioni su di me. Mi sentivo stranamente messa a nudo, forse più di quanto mi sarei sentita in presenza di un maschio completamente vedente.

* * *

TAREK

«TAREK, questa sì che è una coincidenza.» Abbi si avvicinò alla mia spalla. «Zina e io stavamo proprio parlando di cosa vuole fare. È interessata all'addestramento sulla navigazione.» La sua voce era incerta. «E le ho spiegato che questi lavori sono limitati a piloti che hanno talenti aggiuntivi o a esseri che hanno dimostrato abilità innegabili.»

«È corretto.» Annuii in direzione della femmina. «Solo i migliori tra i migliori sono autorizzati a provare anche l'addestramento da navigatore.» Il mio corpo stava reagendo alla presenza di Zina, in modo così diverso dalla risposta all'altra donna. A qualsiasi altra donna. Le antenne erano più spesse, il cazzo si contrasse.

«Le ho anche spiegato che, essendo un essere umano non accoppiato, il suo addestratore iniziale sarà colui che assumerà una tutela temporanea su di lei.» Mi guardò sbattendo le palpebre. «E che solo uno zandiano che pensa davvero che il suo lavoro sia adatto sarebbe disposto a farlo.»

Elaborai queste informazioni. Ogni zandiano sapeva quanto spesso la "tutela temporanea" si trasformasse in accoppiamento permanente. Perché, più della metà delle coppie e dei terzetti che conoscevo avevano iniziato con innocenti situazioni di tutoraggio lavorativo.

Ricordavo anche che la "tutela temporanea" implicava la supervisione e la correzione del comportamento di un essere umano. Il mio cazzo si indurì al pensiero, e ringhiai, pensando a qualche altro zandiano che sculacciava Zina. Che la toccava come avevo fatto sulla navicella.

Abbi mi fece un sorriso nervoso. «Quindi, se potessi ribadirlo, potrebbe risparmiarci un viaggio alla...»

«Mandala alla mia cupola», la interruppi bruscamente. «La metterò alla prova personalmente per vedere se è idonea al programma di allenamento.»

«*Che cosa?*» Abbi sbatté le palpebre. «Voglio dire, sì, signore. Ma, ah…»

«Ha buoni riflessi.» Non era una bugia. Avevo sentito che era stata veloce e intelligente su quel pianeta di schiave, durante l'asta, organizzando la fuga per sé ed Enya. Anche con le sue ferite. Molti altri esseri umani non avrebbero potuto, ma lei ce l'aveva fatta. «Ha forza d'animo e buon istinto. Entrambi requisiti fondamentali per pilotare. Possiamo almeno vedere come va.»

«Bene allora, va bene.» Abbi sembrava confusa e capivo il motivo. La navigazione era per il meglio del meglio. Ma non era una sua *kazo* di decisione, no?

«Portala domani.» Mi rivolsi a Zina. «Vieni preparata a lavorare sodo.»

«Lavoro sempre sodo.» Alzò il mento, secondo il mio registro dei movimenti.

Trattenni un sorriso. Adoravo il suo piglio combattivo. «Bene. Questo è il minimo indispensabile per avere una possibilità.» Incrociai le braccia.

Spalancò gli occhi secondo il mio display oculare. Le piaceva il mio aspetto? Cercai di non sorridere. Forse non potevo avere lei, o nessun'altra umana, ma cavolo, era bello essere apprezzato come maschio.

Quando era successo prima?

Mai.

Di solito le umane si tenevano alla larga da me, intimorite dalla mia mole, o dalla mia cecità, o da entrambe le cose.

«Penso che scoprirai che sono abbastanza soddisfacente, che sia evidente o no.» Sorrise, ma sapevo che era una provocazione.

Il mio cazzo divenne duro.

Oh veramente? Questo piccolo essere umano esuberante voleva giocare con me? E va bene.

Le misi una nocca sotto il mento. «Non vedo l'ora di scoprirlo.» La pelle del suo viso si riscaldò, mentre il mio sensore di luce registrò uno spostamento nei nanometri misurati. Ah. Stava arrossendo.

Sarebbe stato divertente.

Non avrei dovuto farlo. Era sbagliato su molti livelli.

Ma per la prima volta in molti cicli solari, sentivo qualcosa di più che un obbligo e un dovere quando pensavo alla successiva rotazione del pianeta.

Provai un brivido di eccitazione.

CAPITOLO SETTE

arek

T«Come vanno le cose a casa con Taisha?» Aprii il software di allenamento sul mio display olografico. Accanto a me, il capitano Drayk preparava alcune attrezzature.

«Bene.» Abbassò la voce. «L'ho fottuta tre volte proprio stamattina.» Il suo sorriso era così ampio che sarei riuscito a far volare una nave da guerra di Classe 5 tra i suoi denti.

«Sono sorpreso che tu sia riuscito a trascinare qui il tuo corpo esausto.» Sbuffai, ma una parte di me era gelosa.

«Piuttosto il contrario. Mi dà energia.» Mi diede un pugno sulla spalla. «Quando chiederai una compagna?»

«Conosci la risposta. Mai.» Risposi velocemente, anche se le immagini mi attraversavano la mente: un piccolo essere umano accoccolato tra le mie braccia, che gridava di piacere.

Di solito lasciava perdere l'argomento, ma in questa rotazione del pianeta persistette. «Perché no?»

Cercai di non ringhiare contro di lui. «Non prendermi in giro chiedendomelo.» Indicai la mia testa. «Non è ovvio, o sei cieco anche tu?»

Si acciglò. «Il dottor Daneth e re Zander non ti hanno mai detto di rimuoverti dal pool genetico.» Incrociò le braccia. «È stata una tua decisione. Pessima peraltro.»

«Veramente? Pensi che uno zandiano cieco sia adatto a guidare la prossima generazione?» Scossi la testa con disgusto. «Sono sicuro che, se chiedessi una compagna, la risposta sarebbe no. Perché dovrei preoccuparmi di sottopormi al dolore di quel tipo di rifiuto?» Sentii la voce di mio padre in testa, una delle cose che ricordavo. *È debole e imperfetto. Non porterà mai onore a questa famiglia. Sarebbe stato meglio se non fosse mai nato.*

Drayk alzò la voce. «Le tue abilità sono fenomenali, Tarek.» Fece una pausa. «Anche se non avessi mai dei figli, è un vantaggio avere una compagna. Fa bene agli zandiani.» Il suo tono si addolcì. «Sei stato solo per così tanto tempo. Forse esiste una femmina umana che non può avere figli, potrebbe essere adatta a te. Penso che, se parlassi con re Zander, sarebbe comprensivo...»

«Non ho bisogno della pietà di nessun essere» ringhiai, e poi toccai le cuffie. «Inoltre, sono sicuro che sarebbe d'accordo sul fatto che Zandia merita di meglio. E certamente, mi verrebbe richiesto di condividere una compagna, se anche ne volessi una. Non sprecherebbero un'umana per uno zandiano che non si riprodurrà. Re Zander non mi permetterebbe mai di prendere una compagna mia.»

«Condividere non è poi così male.» Sorrise. «Alcuni di noi lo preferiscono.»

«Non è per me.» Lo interruppi, con voce brusca. «E nemmeno l'accoppiamento, quindi lascia perdere l'argomento.»

Fece per dire qualcosa, ma altri due tecnici entrarono nella cupola e lui si limitò a scuotere la testa.

«C'è...un'umana in arrivo per testare la rotazione del

pianeta?» Il primo tecnico, Marlon, sembrava confuso. «È una novità.»

«Il nuovo essere umano. Test di navigazione iniziali.» Mi occupai dello schermo.

Drayk sussultò, lanciò un'occhiata, ma la sua voce era perfettamente neutra. «Zina?» Mi stava fissando con molta intensità? «Farà i test di navigazione?»

«Sì.» Annuii.

Aspettò. Alzò un sopracciglio. «C'è già una lista d'attesa con i migliori guerrieri zandiani che desiderano sostenere il test.»

Cercai di non accigliarmi. «Il maestro Seke ha detto che Zandia deve dare priorità all'acclimatazione delle nuove umane e dare loro la possibilità di provare i campi che gli interessano. Sto semplicemente eseguendo gli ordini.» Incrociai le braccia. «Oltretutto, gli altri in lista non aspetteranno più di mezza rotazione del pianeta per avere la loro possibilità.»

«Capito.» Mi lanciò una lunga occhiata, perché ci volle un po' prima che io riuscissi a registrare il movimento delle sue pupille sul mio viso. «Sarò sicuramente interessato ai risultati del suo test.» Scosse leggermente la testa mentre si voltava. «Sono sicuro che mi terrete informato.» Non ero certo del motivo per cui stesse sorridendo: non c'era nulla da ridere.

Inclinai la testa. «Ovviamente.»

Si rivolse ai tecnici. «Andate alla cupola 2 per la riparazione satellitare.»

«Sì, capitano.» Si voltarono e si allontanarono e, mentre lo facevano, i miei sensori mi avvisarono della presenza di qualcuno di nuovo nella zona.

«Sono qui.» Mi girai verso l'ingresso.

Zina si avvicinò. Potevo dire che era lei senza i miei sensori, perché percepivo il suo profumo delizioso, una specie di mix di fiori e femmina. Sottotoni di cannella, qualcosa che proveniva semplicemente dalla sua pelle, non un profumo.

Mi piaceva.

* * *

ZINA

«TI INTERESSA PILOTARE.» Il tono di Tarek era profondo. Aveva un bell'aspetto. Veramente bello.

Il solo fatto di essere in sua presenza mi fece tendere i capezzoli. Il cuore mi batteva più forte.

«Molto.» Annuii vigorosamente e sorrisi. «È davvero - non credo di poterlo enfatizzare abbastanza - un mio forte interesse.» Passai lo sguardo da lui al capitano Drayk e stabilii un contatto visivo con il capitano, sperando di sembrare seria.

Il capitano non sembrava convinto del mio fervore. Mi squadrò dall'alto in basso, valutandomi, e scosse leggermente la testa.

«Sì», aggiunsi, anche se nessun essere aveva fatto domande.

La verità era che avevo il terrore della navigazione. Ma avevo più paura di restare senza lavoro. E l'idea che l'addestramento da pilota potesse garantirmi un posto nella compagnia di Tarek per un po'... era inestimabile. Capivo che non era interessato a me. E sicuramente io non avrei dovuto essere interessata a lui, perché era stato praticamente uno stronzo con me.

Ma ne ero attratta.

«Navigazione.» Tarek incrociò le braccia sul petto e i

muscoli si gonfiano. «È assolutamente una parte fondamentale del presente di Zandia. E del suo futuro.»

Annuii e sbirciai di soppiatto il suo corpo e ripresi fiato vedendo il modo in cui i suoi pantaloni si tendevano sulle cosce immense. E sul cazzo.

«Sì. Cose come... le stelle. La navigazione. La navigazione verso le stelle, dalle stelle e, ah, attraverso le stelle. Gli asteroidi. Lo spazio.» Annuii come se stessi dicendo qualcosa di intelligente. «Belle cose.»

Il capitano Drayk improvvisamente ebbe una strana espressione sul viso ma svanì dopo un microsecondo. «Buona fortuna, Zina. Grazie per la tua dedizione a Zandia. Tarek ti farà fare il test.»

Cercai di non pensare a cos'altro avrei voluto che mi facesse fare Tarek, ma il calore sul mio viso mi disse che non apparivo così tranquilla come fingevo di essere. «Grande. Fantastico.»

Abbi aveva osservato la scena attentamente e ora si schiarì la voce. «Se non hai bisogno di me, torno in caserma. Ho un altro dormitorio da preparare.» Mi toccò il braccio. «Buona rotazione del pianeta, Zina.»

Ci ritrovammo soli, io e Tarek. E il capitano Drayk, che però si era spostato su una console dall'altra parte della cupola, quindi eravamo praticamente solo noi due.

«Bene.» Piegai la punta del piede a terra. «Sono qui.»

«Già. Non so nemmeno perché ho accettato di farlo.» Sembrava confuso. Ma se ne stava vicino a me. Più vicino di quanto ci si sarebbe aspettati da un qualsiasi zandiano e da un'umana appena salvata. Mi voleva ancora?

«Perché vedi il mio potenziale, presumo.» Era bello parlare con leggerezza. Dopo essere stata schiava per così tanto tempo, la capacità di usare liberamente l'umorismo con un superiore era come una droga per me. Non ne avevo mai abbastanza. Oh, noi umane avevamo fatto il possibile per rendere la caserma piacevole con le nostre risate, quando possibile. Ma alle guardie ocreziane non piaceva il nostro cameratismo, e spesso venivamo punite se sospettavano che avessimo troppa familiarità l'una con l'altra.

Incrociai le braccia. «Segno di una mente forte, Tarek.» Potevo chiamarlo per nome? Avrei dovuto usare qualche tipo di titolo?

«Bene, *Zina*» sottolineò il mio nome, e questo mi fece pensare che avrei dovuto usare una sorta di titolo onorifico, ma, oops! troppo tardi – «Vieni qui. Vediamo come ti confronti.»

«Mi confronto bene.» Il mio tono era impertinente. Ero certa che questo fosse inappropriato, ma non mi interessava. In questo momento volevo solo godermi la nostra interazione e non pensare al futuro.

«Secondo gli standard.» Mi diede un'occhiata e indicò un posto davanti a una console. «Siediti e avvia il programma. Ti guideremo attraverso una serie di semplici simulazioni solo per testare i tuoi riflessi per la visione foveale e periferica. Poi lavoreremo sugli stimoli di risposta.» Tutto quello che sentii fu «bla bla bla *guarda la mia schiena possente* bla bla.»

«Sì» convenni, costringendomi a non toccargli le spalle. A non far scorrere le mani sui tricipiti per poi stringerli. «Assolutamente.»

Sbuffò. «Vai avanti. Inizia.»

Mi sedetti e guardai lo schermo. Aspettammo entrambi. Passarono alcuni secondi. Mi girai a guardarlo con aria interrogativa.

«Devi toccare il punto in cui c'è scritto "start".» Si appoggiò sopra la mia spalla e quasi strillai quando sentii il calore del suo immenso corpo avvicinarsi al mio.

Sentii un formicolio sul collo nel punto in cui si era chinato.

«Se non sei sicura, è l'enorme barra che dice START. È rosso e misura circa dodici centimetri per dodici. Proprio davanti alla tua faccia. Lampeggiante.»

Fece una pausa. «Mi hanno detto che sai codificare, quindi...»

«Oh, *quello*. Sicuro. Con il dito?»

Fece un altro verso. «A meno che tu non preferisca usare un'altra appendice, sì, il dito è accettabile.»

«Non l'ho mai fatto prima» spiegai, dandogli un'occhiata.

Oh, era così vicino. Il suo viso era vicinissimo al mio. Sentivo il suo respiro sulla mia guancia e mi solleticava. In modo buono.

«Non si direbbe.» La sua voce era secca. Wow, conosceva bene il sarcasmo, per un non-umano.

Feci un respiro profondo. Toccai lo schermo con cautela. «Fatto.» Sorrisi. «Guarda, si sta avviando. Vedi?»

Sospirò. «Sì.»

«Voglio dire, so che non puoi vedere, nel senso di...*vedere*. Ma puoi percepirlo con i tuoi sensori, giusto?» Anch'io percepivo le cose. In questo momento, intuivo che fosse giusto stuzzicarlo un po' riguardo alla sua visione.

Potevo anche non essere molto esperta, ma Madre Terra, vivere come schiava mi aveva portata a sviluppare la mia intuizione sulle motivazioni e sui sentimenti degli esseri: era una cosa che mi teneva al sicuro. E di solito non sbagliavo.

«Sì. Per favore, rivolgi lo sguardo allo schermo. La simulazione è iniziata.»

«Così pare.»

Sullo schermo comparvero delle informazioni. Mi dicevano di premere determinati pulsanti quando varie luci lampeggiavano.

Ops, ne avevo perso una. Ahi, un'altra. Un'altra ancora. Hmm.

Ne beccai alcune, poi diedi un'occhiata a Tarek.

Aveva le labbra serrate.

«Come sto andando?» Mi girai sulla sedia per guardarlo.

Controllò il dispositivo di comunicazione. «Bene, secondo i risultati adattivi, il programma vuole sapere se sei senziente, o se un bambino o un piccolo animale, forse un uccellino, sta premendo pulsanti a caso.»

«Sono molto meglio di così.» Mi accigliai e tornai allo schermo. «Un uccello Kantu potrebbe fare questo?» Alzai la mano gesticolando e spinsi un tasto.

Poi mi concentrai, cercando di abituarmi alla strana novità di questo dispositivo. Di lavorare con uno schermo. Il cuore mi batteva forte e lo stomaco pulsava a ogni battito, e mi convinsi di essere in procinto di vomitare.

Scherzi a parte, non ero brava in queste cose e lo sapevo. Perché, oh *perché*, avevo detto che era una passione?

Dietro di me Tarek fece un rumore e mi ricordai: ecco perché. Ero qui perché anche se sapevo che si trattava di una cattiva idea e non avrebbe funzionato, stare vicino a Tarek era emozionante. Divertente. E francamente non avevo nient'altro. E, cosa ancora più importante, distoglieva la mia mente dal dolore e dall'incertezza di essere separata da Enya.

* * *

TAREK

PER LE STELLE. In tutti i miei cicli solari non avevo mai visto un essere andare così magnificamente male durante il test. Ma *kazo*, questa piccola umana sembrava adorabile, protesa in avanti, con le labbra increspate e gli occhi socchiusi per la concentrazione. Stava dando il massimo, dovevo ammetterlo.

Basandomi sulla mappa dei sensori del suo corpo che

avevo creato, notai che il suo abito zandiano aderiva alle sue curve in tutti i punti giusti. I suoi seni emergevano, sodi e rotondi, e pensai a come mi sarei potuto sentire con i suoi capezzoli nella mia bocca. Sotto la mia lingua.

Ringhiai e mi girai di lato per sistemarmi con discrezione il cazzo. Dovevo smettere di pensare a lei in questo modo; era stato un errore sulla navicella e non poteva assolutamente ripetersi. Per prima cosa, non volevo darle alcuna speranza. Non potevo averla a lungo termine, quindi non era una buona idea torturarmi.

Avrei dovuto semplicemente dirle che non era adatta e mandarla via. Farla finita.

Invece, per qualche motivo, chinandomi in avanti, le dissi: «Hai finito.» I suoi capelli profumavano di quel frutto che piaceva agli umani, le fragole. Inspirai solo per un secondo.

«Come sono andata?» Sembrava ansiosa, come se le importasse davvero.

«Bene.» Tentai di nascondere il punteggio sullo schermo, che diceva: Negativo 50%. Valutazione: fallimento. Rifiutare il richiedente. Consigliare un allenamento per la coordinazione occhio-mano e una valutazione medica dell'equilibrio e del tracciamento dei movimenti. Verificare con il medico la presenza di tumore al cervello o altre occlusioni che potrebbero impedire il basale.

Troppo tardi, lo aveva visto. Aveva un'espressione attonita. «Tumore al cervello?»

«Oh, non ce l'hai», le assicurai. «Hai superato l'autorizzazione medica.»

Fece un verso. «Come ho potuto ottenere un risultato negativo?"» Sbatté le palpebre tre volte e i suoi occhi diventarono lucidi, perché l'indice di rifrazione delle cornee passò da 1,5 a 3,7.

«Non è facile.» spiegai. «È perché hai fatto attivamente l'opposto di ciò che voleva il programma.» All'improvviso mi venne in mente. Forse non era qui per l'addestramento. Forse era qui per... qualcos'altro.

Qualcosa che le avevo dato sulla navicella.

«Ho davvero fatto del mio meglio» insistette.

«Beh, questo è solo il tuo primo tentativo.» Mi schiarii la gola. «Se lo fai ancora qualche volta, sicuramente migliorerai.» Non abbastanza. Il capitano Drayk avrebbe dovuto licenziarmi anche solo per averle fatto intendere che aveva una possibilità per questo tipo di lavoro. Ma ora che sapevo perché era qui, non volevo che se ne andasse. Non prima di aver soddisfatto i suoi bisogni.

«Lavorerò sodo» promise. «L'ho sempre fatto.» Secondo i miei sensori il suo sguardo appariva appassionato.

«Ti credo.» Abbassai la voce. «Non c'è dubbio. Ho sentito parlare di te su quel pianeta, di come ti comportavi. Quelle erano le azioni di un essere dedicato.» Quella parte era vera.

Diede un'occhiata allo schermo. «Ah, come si comporta la maggior parte degli esseri in questo test?»

«Non paragoniamoci agli altri.» Chiusi in fretta il software mentre si avvicinava il mio comandante.

«Come è andata?»

Evitai una risposta diretta. «Adesso controlleremo la sua coordinazione occhio-mano.» Mi raddrizzai. «Li confronteremo con i punteggi del programma. Zina, vieni nell'area dei tappetini. Ti mostrerò solo alcune attività fisiche.»

Che prevedono che tu stia distesa sulla schiena con le gambe divaricate.

«Ha ottenuto un punteggio pari o superiore al novantanove per cento?» Il mio capitano alzò un sopracciglio. «Di solito scarti quelli che non raggiungono almeno il 99,7%.»

«No.» Mi schiarii la gola. «Ma ha del potenziale. Quindi, proverò solo alcune cose.»

«Proverai alcune cose.» Mi guardò dritto negli occhi. «Capisco.»

«Gli esseri umani spesso riescono a eccellere quando ne hanno la possibilità.» Non era una bugia.

«Vero.» Annuì. Ma aveva ancora quell'espressione sul viso, quella che, nella mia esperienza passata, registrava per metà incredulità e per metà sorpresa.

«Ho in programma i primi due guerrieri per questo pomeriggio» aggiunsi. «Uno è il maschio umano, Tal, il pilota del capitano Lundric.» Adesso stavo solo raccontando fatti per distrarlo da Zina. «Ciò non diminuirà il mio carico di lavoro.»

«Bene, allora vai avanti.» Annuì. «Sono sicuro che sai cosa è meglio... per il tuo programma di tirocinio.» Si guardò intorno. «Vado alla cupola del volo. È necessario lavorare sui nuovi aggiornamenti della barriera.»

«Grazie, capitano. A dopo.»

Notai il suo sorriso mentre si allontanava.

Mi voltai verso Zina.

* * *

ZINA

ORA ERAVAMO SOLO NOI DUE: Tarek e io.

Afferrò una grande palla. «Stai a un metro di distanza da me. Te la lancerò. Tu prendila.»

Alzai le sopracciglia. «È considerato un test di coordinazione? Uuuf.»

La palla era più pesante di quanto mi aspettassi, anche se era imbottita, e riuscii a malapena a prenderla. Poi cadde.

«Valutazione delle competenze e formazione allo stesso tempo.» Sembrava che stesse reprimendo un sorriso.

«Wow, okay, mi hai sorpresa. Rifallo.» Presi la palla.

«Ora tiramela.» La sua voce era profonda e imponente.

Qualcosa in me si sciolse. Non capivo perché. Odiavo ricevere ordini su cosa fare... dal padrone e dagli altri ocreziani. Ma l'autorità di Tarek era totalmente diversa. Sexy. Volevo che fosse il mio nuovo padrone.

La lanciai. «Oh, è pesante.» Cadde subito.

Si avvicinò di corsa per raccoglierla. «Lascia che ti faccia vedere.» Mi passò la palla e si posizionò dietro di me, le sue braccia incorniciarono le mie, i suoi grandi palmi color lavanda coprirono completamente le mie più piccole. «Così», mormorò, con le labbra proprio all'altezza del mio orecchio. La palla pesante fluttuò in aria come lui fece il movimento. «Devi piegare i gomiti.»

Davvero non sapevo come facesse a far sembrare la parola gomiti così incredibilmente sexy.

I miei capezzoli si tesero e divennero sensibili sotto l'abito zandiano: la cosa più bella ed elegante che avessi mai indossato. Seguii il suo esempio, portando la palla dietro la testa.

«Adesso lancia.» La palla volò in aria senza alcun aiuto da parte mia. «Vedi?»

La mia risata suonò strana alle mie orecchie, in qualche modo... roca. «Penso che l'abbia fatto tu.»

«Provaci tu» mi esortò.

Corsi verso la palla e la raccolsi. Perché doveva essere così dannatamente pesante? Il semplice fatto di sollevarla sopra la mia testa nel modo in cui mi aveva mostrato mi fece perdere l'equilibrio e inciampai e sbarellai.

Tarek contrasse le labbra.

Lanciai la palla. Volò in aria, per una distanza pari alla lunghezza della mia gamba. Poi cadde e rotolò. «Oops.»

Mi chinai, ansimando, con le mani sulle ginocchia. La gamba iniziò a farmi male e me la strofinai, sperando che non se ne accorgesse.

Lo commentò subito. «Ti fa male? Siediti.»

«No, non è niente.» Alla sua espressione, mi corressi. «Niente di insolito. Mi fa sempre male quando faccio attività fisica. Ma fa male lo stesso, e questo almeno mi rende più forte, quindi... cerco di ignorarlo.» Mi strofinai i muscoli tesi e mi sedetti.

Venne e si sedette vicino a me, senza toccarmi, ma abbastanza vicino da poterlo volere più vicino.

«Cosa è successo?» Mi sfiorò il ginocchio con una mano e io cercai di non sussultare al tocco.

«Non voglio parlare di questo.» Deglutii a fatica.

«Sto solo cercando di conoscerti...»

Il panico mi assalì, anche se era proprio questo ciò che volevo. Non potevo parlare della mia gamba in questo momento. «Tu vuoi parlare di questo?» scattai, toccandogli la fronte, vicino all'occhio sinistro.

Lui sussultò. «No.» La sua voce era fredda. Si voltò. «Chiedo scusa.»

«No. È colpa... scusami tu. Mi dispiace tanto.» Mi allungai di nuovo, odiando vedere la sua espressione cambiare. «Tarek, è difficile per me.»

Prese fiato. «Lo capisco.»

Restammo in silenzio per un secondo. C'era silenzio nella cupola e l'unico rumore era una specie di stridore metallico in lontananza, forse quello di una sega. La luce era morbida e uniforme e filtrava dai lucernari in alto.

Non potevo credere che non potesse vedere. I suoi occhi erano così gentili, così intuitivi. O mi stavo immaginando quello che io volevo vederci?

«Mi sta uccidendo il fatto che in questo momento non mi lascino nemmeno vedere Enya. Voglio vederla, Tarek. Sono stata con lei per così tanto tempo. Non sanno che devo far parte di questa situazione con lei?» Non potevo descriverlo. «Perché non me lo permettono?»

Tarek si massaggiò la fronte. «Lo so, bellissimo. Ma stanno facendo quello che credono sia meglio.»

«Beh, mi fa sentire come spazzatura.» Esplosero le lacrime. «Come se non valessi nulla. Ci ero abituata su Ocrezia, ma su Zandia pensavo... speravo...» Tirai su col naso. «Che sarebbe stato diverso. Che sarei stata preziosa. Ma ora è come se fossi stata messa da parte.»

«Non è affatto così.» Mi prese la mano, la sua voce era seria. «Gli zandiani non sono così consapevoli delle emozioni umane. Anche loro stanno facendo del loro meglio. E pensa a sua madre. Ha trascorso molti cicli solari senza sua figlia. Sicuramente puoi darle questa possibilità.»

Non riuscivo a rispondere. Era semplicemente troppo adesso.

«E tu.» Mi rivolsi a lui con aria accusatoria. «Non mi hai mai parlato di lei, sulla navicella. Ne sei stato parte. Mi hai presa solo perché ero uno strumento, un mezzo per raggiungere un fine. Voglio essere più di questo!»

Ora stavo singhiozzando apertamente.

«Mi dispiace, Zina. Avevo l'ordine di non comunicarti il suo status.» La sua voce sembrava addolorata. «Non potevo tradire il mio comandante. Volevo dirtelo. Ero preoccupato. Lo sono ancora.»

«Davvero?» lo guardai sorpresa.

«Sì.» Strinse la sua mano sulla mia, poi allentò la presa. «Non volevo prenderti di sorpresa su questa cosa. Ma» alzò le spalle «la cosa era fuori dalla mia portata.» Mi si avvicinò. «Dagli solo tempo. Naturalmente la rivedrai. Questa situazione è temporanea, finché non si adatta.»

Annuii. Tirai su con il naso. «Sì. Mi manca e basta. Le avevo promesso che in qualche modo saremmo sempre state insieme. Voglio solo vederla di persona, per sapere davvero che sta bene.»

«Lo capisco, piccola. Farò alcune domande. Vedrò cosa si può fare.»

«Lo farai?» mi tremava la voce. Ma c'era qualcosa qui, lo sapevo e basta. Al di là delle parole, c'era qualcosa tra noi, qualcosa che diventava più forte secondo dopo secondo.

Si avvicinò a me, facendo scivolare le dita tra i miei capelli corti.

Rimasi immobile, con gli occhi fissi su di lui, il corpo che tremava in anticipazione.

«Ti hanno tagliato i capelli? I tuoi padroni di schiavi?»

«No, l'ho fatto io» ammisi. «In modo che non sembrassimo troppo femminili. Per distogliere l'attenzione maschile.»

L'angoscia guizzò sul volto di Tarek. Poi strinse la mascella. «E ci sei riuscita?» La sua voce era tesa.

Deglutii. «Non sempre. Ma ho tenuto Enya al sicuro. Questo è tutto ciò che conta.»

Tarek strinse i pugni. Allargò le narici. «Nessuna donna dovrebbe essere presa contro la sua volontà.»

«No» concordai, con la voce dolce.

All'improvviso si irrigidì. «Non ti sei sentita... io... Stelle, Zina...»

«No» lo interruppi. «Mi è piaciuto il modo in cui mi hai toccata.»

Gli occhi di Tarek divennero viola brillante, le antenne... stelle, le sue antenne sembravano pulsare. E poi, come se il guinzaglio da cui era trattenuto si fosse spezzato, si lanciò verso di me, mi afferrò la nuca con la mano e reclamò la mia bocca.

Immediatamente il mio corpo pulsò al ritmo del suo. Aprii le labbra per permettere alla sua lingua di scivolare tra di loro. Mi spinse sulla schiena, coprendo il mio corpo con il suo.

Inspirai profondamente, mi riempii le narici del suo

profumo: maschile e ricco. Mi morse il collo, mi succhiò un punto sulla spalla. Nel frattempo, la pulsazione tra le mie gambe divenne più forte. Inarcai i fianchi verso di lui, mi arrampicai sulle sue spalle enormi e muscolose. Mi alzò il vestito per esporre i miei capezzoli e fece roteare la lingua attorno a uno di essi.

Emisi un verso affamato e impaziente. Pizzicò l'altro mentre continuava. Agitai il bacino, strusciandomi contro di lui. Fece scivolare la mano tra le mie gambe. «Mi volevi qui?» aveva la voce ruvida e roca. Incredibilmente profonda.

«Sì» sussultai. «Per favore, padrone.»

* * *

TAREK

NON SAPEVO perché mi avesse chiamato così: non avevo accettato di essere il suo padrone, ma quelle parole sembravano così giuste. Il cazzo spinse, dolorosamente grosso e la mia pelle divenne calda. Non avevo bisogno delle letture dei sensori per sentire il suo calore.

Mi ero sempre sentito inferiore con la mia cecità. Avevo sempre sentito il bisogno di stare sulla difensiva, estremamente preparato per gli attacchi, che fossero reali o sociali. Ma in questo momento il padrone ero io.

Il suo corpo rispondeva ad ogni mio tocco. Così disponibile, così aperto. Lei si dimenava sotto di me, emettendo gridolini di piacere e tutto quello che potevo fare era non sbatterla affondando a quattro metri di profondità. Liberai l'erezione, poi le presi la mano e chiusi le piccole dita attorno alla base. «Lo senti cosa mi fai, piccola umana?» le chiesi.

«Tarek» sussurrò.

Avrei potuto sentire il mio nome sulle sue labbra in ogni

momento di ogni rotazione del pianeta fino alla morte e non stancarmi. Soprattutto in quel modo sussurrato e scioccato in cui lo aveva appena detto.

«Esatto, bellezza. Muoio dalla voglia di entrare dentro di te. Aprirai quelle cosce e mi lascerai entrare?»

Inspirò profondamente e i miei sensori la mostrarono mentre allargava le ginocchia.

«Brava ragazza» mormorai. Le tolsi le mutandine e la premiai con una leccata lunga e lenta.

Lei tremò, i suoi muscoli si strinsero intorno alle mie orecchie.

«Ti piace?»

«Sì padrone.»

Oh, *kazo.*

«Esatto, dolce femmina. Sono il tuo padrone in questo momento, non è vero?»

Stelle, non avrei dovuto fare dichiarazioni del genere. Non potevo essere il suo padrone, ma in questo momento non me ne fregava niente di tutto ciò. Tutto ciò che contava era che io fossi padrone del suo corpo. Padrone di questo momento. Padrone del piacere che stava per accadere tra noi.

«Sì» sussurrò. Mi afferrò le antenne: non sapevo come facesse a saperlo, ma ora ero io a riempire la stanza con un ringhio mentre si allungavano sotto il suo tocco. «Oh!» quella piccola sillaba di sorpresa me lo fece venire ancora più difficile. «T-ti piace, Tarek?»

Oh stelle. «*Kazo,* sì, piccola umana. Stringilo forte!»

Lo fece e dal mio cazzo pulsante fuoriuscì del precum. Le leccai la figa, mostrando il mio apprezzamento ad ogni movimento della lingua, ad ogni tocco, con la penetrazione di un grosso dito.

«Tarek, Tarek, per favore» piagnucolò.

La colpii più velocemente con il dito, succhiando il

nocciolo della sua anatomia nota per la capacità di rendere selvagge le femmine umane.

«Ti voglio dentro di me» gridò con voce rauca.

Non riuscivo a muovermi abbastanza velocemente. Mi alzai e la trafissi con la mia erezione in un lampo, ingoiando il suo urlo con un bacio irruento.

Era stretta, dannatamente stretta *kazo*, quindi mi fermai e lasciai che si abituasse alle mie dimensioni.

«Va tutto bene, piccola umana?»

Lei rispose afferrandomi di nuovo le antenne, alternando la pressione dall'una all'altra. Non riuscii a trattenermi, mi infilai dentro di lei come una bestia in calore. Ogni colpo mi faceva venire i brividi lungo la schiena, mi bruciava sulla pelle. Era così piccola e flessibile, così desiderosa, che mi trasformai in un animale selvatico. Appoggiai le mani sul pavimento accanto alla sua testa e spinsi dentro di lei con abbastanza vigore da farla rimbalzare sul tappeto.

«Chi è il tuo padrone adesso, piccola umana?»

«Tu» gridò. «Tarek! Oh per favore!»

Avrei voluto essere più delicato. Avrei voluto impegnarmi di più sui suoi capezzoli con la bocca, o comunque essere sicuro che ricevesse il massimo piacere, ma ero perso. Perso nel suo profumo, nell'apertura della sua figura morbida, nei versi incredibili che stava emettendo sotto di me.

Mi si strinsero le palle. Sentii picchi di calore al coccige. Non potevo più trattenermi. Venni con un ruggito, spruzzando in lei il mio seme e continuai a colpire.

Avvolse le piccole gambe intorno alla mia schiena e fermò i miei movimenti, trascinandomi profondamente dentro di sé mentre veniva, mentre i suoi muscoli si stringevano e si rilasciavano attorno al mio cazzo. Rimasi dentro di lei, il mio uccello si contrasse mentre il nostro respiro congiunto rallentava. Poi uscii con un gemito e mi abbandonai di fianco.

Mi tolsi la tunica e la usai per asciugarle lo sperma dalle gambe.

Lei sussultò. «È color arcobaleno!»

Non sapevo cosa significasse. Logicamente sì, ma non avevo mai visto un arcobaleno. «Ti piace?» chiesi dolcemente.

Fece scorrere il dito tra le grandi labbra e lo sollevò. «È bellissimo» sussurrò.

Ridacchiai e mi sistemai accanto a lei. «Sei bella.»

«Non lo sono» disse. «Sono piuttosto banale, in realtà.»

Le afferrai la mascella e girai il suo viso verso il mio. «Sei bellissima» dissi con fermezza. «Magari non riesco a vederti, ma lo so. E uno zandiano non mente mai.»

I miei sensori mostrarono che gli angoli della sua bocca si erano sollevati in un sorriso e rimasi sbalordito dalla gioia corrispondente che mi riempì il petto.

Era strano come queste umane potessero influenzare la normale stasi degli zandiani.

* * *

ZINA

CI SDRAIAMMO INSIEME, la luce soffusa scendeva su di noi sdraiati sui tappetini da allenamento. Ora i raggi erano delicati e morbidi, stuzzicavano lui e la mia pelle, e provavo solo contentezza. Non solo per l'orgasmo fenomenale, ma per questa sensazione: sentirmi al sicuro nell'abbraccio di un essere, era la sensazione più sorprendente che avessi mai provato.

Era davvero bello, per una volta, essere quella protetta, invece di quella che proteggeva. Non che mi avesse mai preoccupata mettere Enya al primo posto, perché la amavo.

Ma alleggerire il mio fardello per un secondo, lasciando che qualcun altro mi guardasse le spalle? Non l'avevo mai provato. Ed era bellissimo.

Una lacrima mi scorse lungo il viso.

«Ehi. Che c'è?» Mi toccò la pelle. Era così intuitivo, cieco o no.

Alzai la mano e la misi sulla sua, sentivo le sue dita forti sul mio viso. «Niente. Sono felice.»

«Anche io.» Parlò velocemente, poi il suo volto si oscurò e si voltò dall'altra parte. Non mi lasciò andare, ma sentii che stava iniziando a tirarsi indietro in modo effimero. E sapevo che avevo bisogno di tenerlo qui con me, in questo momento. Era quello che volevo e di cui avevo bisogno, e pensavo che fosse lo stesso anche per lui.

Feci un respiro profondo e tirai fuori le mie emozioni.

«La mia gamba.» Parlai velocemente, cercando di risucchiarlo nella bolla di noi due. Non ero davvero pronta a parlarne, ma avrei fatto qualsiasi cosa per attirare la sua attenzione.

Si voltò.

«Sono nata in schiavitù domestica. Quando ero giovane, c'era un medico sul pianeta, che cercava di migliorare la forza e il tono muscolare degli ocreziani. E vedere se poteva rendere gli esseri umani più forti per i loro compiti. Ha deciso di sperimentare su alcuni giovani umani. Il padrone mi ha offerta in cambio di una ricompensa in denaro.»

Strinsi forte i pugni e chiusi gli occhi.

«Ci ha fatto alcune operazioni. Ha prelevato del tessuto nervoso e muscolare per vedere se poteva essere usato per rafforzare gli ocreziani. Ha rotto le ossa e ha osservato come guarivano in varie condizioni. I miei test» - la mia voce era cupa, amara - «sono stati tra i peggiori.»

«Oh, stelle, per le *kazo* di stelle», imprecò. «Zina, se potessi, andrei lì adesso e li massacrerei tutti.» La sua voce era così piena di passione che mi sentii in grado di continuare.

Annuii. Non stavo piangendo adesso. Questo dolore era troppo profondo per le lacrime. Parlavo come se fossi un robot, raccontando una storia che apparteneva a un altro essere. «Alla fine gli ocreziani decisero che era troppo vile anche per loro, il che la dice lunga.» Ridacchiai senza umorismo. «È stato mandato via dal pianeta, non so dove, e il suo programma è stato annullato.» Mi toccai la gamba. «Ma questo non puoi annullarlo.»

Mi toccai la pancia. «Dopo la gamba, il padrone mi ha fatta sterilizzare con gli impianti. Ha detto che non valeva la pena sprecarmi per la riproduzione, quindi mi avrebbe tenuta al sicuro da una gravidanza accidentale. È costoso, sai. E gli impianti sono stati inseriti per così tanto tempo che potrebbero essere diventati permanenti. So di non valere molto, ma faccio comunque del mio meglio.»

Tarek restò in silenzio e, quando lo guardai, il suo volto era distorto dalla compassione e dalla rabbia. Aprì la bocca come se volesse parlare con me, ma poi la chiuse. Dopo pochi secondi, mi toccò la testa una volta. «È stata una vita difficile.»

Non parlammo per un po'.

«Sto bene, però. Mi alleno e lavoro duro nonostante l'infortunio. Lo chiamo infortunio, perché è più facile.» Inspirai. «Ed Enya mi ha dato uno scopo. Sono andata vanti per lei, per rendere le nostre vite vivibili.»

Mi strinse la mano. «Quando ero piccolo...» Aspettò così a lungo che pensai che avesse finito, e poi continuò. «Mio padre non era affettuoso. Gli zandiani non lo sono, in generale, ma lui era freddo, anche per la nostra specie.»

«Oh...» Sentivo che mi avrebbe raccontato la sua storia dell'orrore. E anche se avevo paura di quello che avrei sentito, il mio cuore si scaldò, sapendo che stava condividendo qualcosa di personale con me. Un onore: secondo Abbi, gli zandiani erano notoriamente stoici e non si aprivano facilmente a nuovi esseri. Se mai avessero deciso di farlo.

«Sono nato cieco e lui mi ha dato la colpa.» La sua voce era bassa e tesa.

«Non sono un esperto, ma capisco anche che non si possa incolpare un bambino appena formato per i suoi difetti.» Gli strinsi più forte la mano. Era così enorme che faceva impallidire la mia. Ma in questo momento sentivo che ero io a dargli la forza mentre parlava.

«Ero un feto più piccolo del previsto e nel grembo di mia madre mancava un enzima fondamentale. Il suo corpo ha compensato eccessivamente cercando di sostenermi ed è stato in grado di sostenermi, ad eccezione degli occhi.» Si toccò la fronte. «Ma... era troppo per lei. È morta di parto.»

«Ma non è stata colpa tua.» Inorridita, gli toccai il viso. «Lo sai.»

Si voltò. «Mio padre diceva che ero un parassita avido che le succhiava via la vita. Non mi ha mai perdonato.»

«Ma i medici non potevano aiutarla durante la gravidanza?» Non sapevo cosa chiedere. «Darle un integratore... o qualcosa del genere?»

«La medicina e la tecnologia non erano accessibili per la mia famiglia. È morta.»

Deglutì a fatica. «Quando sono cresciuto, non ha esitato a dirmi come si sentiva. È morto durante l'invasione dei finn quando avevo otto soli. E onestamente, mi sono sentito soprattutto sollevato.»

«Mi dispiace.» Non sapevo cosa dire di questa storia. Era brutta quanto la mia. Peggio ancora, in un certo senso, perché si trattava di qualcuno che avrebbe dovuto amarlo, e si era allontanato. Almeno io non mi sarei mai aspettata nulla dagli ocreziani.

«Mi ero ripromesso che non avrei mai fatto una cosa del genere a un altro bambino.» La sua voce era feroce. «C'è la possibilità che io possa trasmettere questa condizione, e non farò mai una cosa del genere a un bambino, o a sua madre. Nessun bambino dovrebbe crescere sapendo di essere l'anello debole che ha distrutto un essere bello.»

«Ma tu sei forte.» Gli presi la mano. «Il miglior ufficiale di rotta che Zandia abbia mai visto. Lo sai! Sei una benedizione per il pianeta. La tua disabilità ti ha trasformato in qualcosa di magnifico.» E grande. Per essere un bambino piccolo, si era rivelato uno degli zandiani più grandi del pianeta. Una montagna di muscoli.

Scosse la testa. «Sai quanto tempo ed energia il dottor Daneth ha investito nel tentativo di curarmi?» Sbuffò. «E questo solo perché gli zandiani sono quasi estinti. Altrimenti il medico reale non avrebbe mai sprecato il suo tempo con me. E poi c'è il tempo che ho dedicato ad allenarmi. Su Zandia siamo bravi a trarre il massimo da una brutta situazione, ma non imporrò mai una progenie contaminata alla nostra gente.»

«Sei troppo duro con te stesso.» Mi girava la testa. «Prima di tutto, ti sbagli di grosso. Sono qui solo da poco tempo, ma vedo quanto sei necessario a questo pianeta. E secondo...» Feci un respiro profondo. «Te lo dico da essere che desidera i bambini più di ogni altra cosa, è difficile sentirti respingerli con nonchalance.»

Si alzò. «Non è una decisione presa a caso, Zina.» Sputò la parte successiva. «Non hai sentito una parola di quello che ho detto?» La sua espressione era contorta e infelice.

Mi alzai anch'io. Mi aggiustai il vestito, umido di sudore e profumo di sesso. «Ho sentito ogni parola e soffro per te. Ma ad un certo punto devi crescere e fare una scelta diversa. Non sei tuo padre.»

«Beh, tu sei più della tua gamba e della tua pancia», ringhiò. «Smettila di usarli come scusa per evitare la vita.»

«*Prego?*» in me esplose una rabbia incandescente. «Come osi dirlo?» Misi le mani sui fianchi e lo guardai male. «In quale parte dell'aiutare Enya a fuggire e fare del mio meglio per integrarmi qui, pensi che abbia evitato la vita? In quale parte di me che provo a pilotare pensi che la stia evitando? Penso che sia la proiezione di te stesso, Tarek. Sei tu che usi la tua cecità per allontanare la possibilità di essere felice. E di avere una famiglia.»

Afferrò i suoi pantaloni e li indossò velocemente, tirandoli su sopra il suo magnifico sedere. «Ti sbagli.»

«Oh, smettila e basta!» Risi nonostante la rabbia e la tristezza. «Tarek...» scossi la testa. «Tutto questo è ridicolo. Come siamo arrivati a questo punto in trenta secondi?» Le lacrime mi riempirono agli occhi. «Non capisco.»

Tutto il suo corpo si accasciò all'improvviso e sbatté le palpebre. «Ah, Zina, mi dispiace.» La sua voce era bassa e triste. «Sono rotto dentro, va bene? Non ho niente da offrirti.» Agitò un braccio indicando la stanza. «Vuoi allenarti qui, va bene. Ti addestrerò. Vieni tra tre rotazioni planetarie, alla stessa ora. Ma questa cosa non può accadere di nuovo. E perdona i miei commenti sulla tua gamba.» La sua voce era dura adesso. «Sono stato uno stronzo. Non so perché l'ho detto.»

* * *

Tarek

«Allora, com'è andata con l'umana?»

Il capitano si avvicinò al mio schermo. Mise le braccia dietro la schiena. «Hai passato del tempo da solo con lei?»

«Si è mostrata promettente.» Pensai ai versi che aveva fatto mentre veniva. Il mio cazzo divenne duro al ricordo e mi sistemai.

Mi schiarii la gola. «Penso che sia importante lavorare su quel nuovo braccio di attacco satellitare. La cupola tecnologica ha le specifiche aggiornate?»

«La prossima settimana sarà pronto per i test. Quindi stai seriamente considerando Zina per il tuo programma?»

«Vedremo. In questo momento, devo aggiornare questi protocolli.»

«Grande. Mi ricordi il suo punteggio?» Si dondolò sui talloni. Non sapevo perché sorridesse. I protocolli DX non erano uno scherzo. E nemmeno la mia formazione.

«Quelli... potrebbero essere migliorati.»

«Capisco.» Mi diede una pacca sulla spalla. «Ascolta, se vuoi essere il suo padrone, allora accoppiati con lei. L'errore sarebbe lasciarle credere che con te ci sia un futuro, se sei sicuro che non ci sarà», sottolineò. «Un promemoria del fatto che gli esseri umani si legano rapidamente a un padrone o compagno. Se non intendi ricoprire quel ruolo, potresti ferirla.»

«E come fai a essere così esperto? Proprio la settimana scorsa hai detto che conosci solo un essere umano. Il tuo» sbottai.

«La mia è capricciosa ed emotiva come le altre.» La sua voce era mite. «Con lei ho imparato ad aspettarmi l'inaspettato. È... complicata, la mia fiera, dolce compagna.» Scosse la testa, ma riuscivo a sentire della felicità nella sua voce. «Forse anche tu vuoi una compagna.»

«Lo sai che non è così. Non voglio discuterne.» Spensi lo schermo.

«È accettabile cambiare idea.»

«E dovrebbe essere accettabile anche non farlo mai.»

Presi la mia borsa. «Per favore, rispettalo. Devo andare a controllare... una cosa.»

Lui annuì. «Tieni solo presente che se non stai pianificando un futuro con lei, e non è adatta per il programma di navigazione, hai il dovere, nei confronti di Zandia e suoi, di dirglielo il prima possibile.»

«Capito.»

Fanculo a tutto. Non era abbastanza brava per far parte del programma, e stavo decisamente sprecando il suo tempo, il mio... e quello di Zandia. Ma era vero che, mentre la addestravo era sotto la mia giurisdizione. E l'idea che un altro maschio zandiano potesse prendersi con lei le libertà che avevo io... mi faceva così arrabbiare che avrei potuto fare a pezzi una navicella a mani nude o assordare una flotta di esseri con il mio ruggito. Nessuno avrebbe toccato Zina in quel modo.

Il mio capitano aveva ragione. L'avrei lasciata libera. Presto. Al momento giusto. Passare del tempo con Zina e scoparla era piacevole. Ma era un piacere fugace, uno di quei momenti transitori che un essere doveva cogliere prima che se ne andassero per sempre. Non ero il tipo di zandiano che aveva la possibilità di accoppiarsi e vivere in famiglia.

Non volevo ferirla, solo che in questo momento mi stava dando qualcosa che non avevo da molto tempo... e qualcosa che probabilmente non avrei ottenuto in futuro.

Era così sbagliato cogliere l'esperienza per quello che era e fregarmene del futuro?

CAPITOLO OTTO

Z*ina*

«Vorrei non averlo mai incontrato.»

«Chi?» Abbi mi porse una porzione di spicchio di mandarino in una crema dolce.

«Tarek.» Sospirai.

«Che è successo?» Abbi diede un morso al suo frutto. «Mirelle, Cambry, siamo qui!» Salutò un'alta bionda e un'umana dai capelli rossi in tuta mimetica. «Venite, unitevi a noi.» Si girò verso di me. «Aspetta solo un secondo, ok? Voglio sapere tutto.»

L'area del bar era affollata di umane, molte delle quali portavano con sé dei mezzosangue. Mi si bloccò il respiro in gola quando un bambino particolarmente carino con delle piccolissime antenne viola e un sorriso dolce si avvicinò e mi porse una foglia del vicino albero Barri.

«Grazie» gli dissi, estasiata dalle sue dolci manine.

Sua madre, un'umana alta e bruna con una borsa in spalla, arrivò di corsa. «Lui è Braxton» disse. «Il figlio dei miei compagni Andre e Laun.» Sorrise. «Sono Kara. Tu devi essere Zina?»

«Tutti sanno chi sono?» Mi guardai intorno.

«Sappiamo tutti tutto» proclamò con un grande gesto, poi rise. «Zandia è piccola. Le voci girano. Benvenuta. È fantastico averti tra noi. Un altro essere umano. Sono felicissima che tu sia qui.»

Mi guardò negli occhi, e sotto il suo sorriso e il suo amore per suo figlio, sotto quella borsa elegante e la sua disinvolta appropriazione di questo pianeta, potevo vedere un essere logoro con un passato difficile. Aveva delle rughe agli angoli degli occhi e intravedevo qualcosa nella sua posizione, una diffidenza, che sentivo nelle ossa. Alcune parti della schiavitù non erano facili da eliminare se le avevi vissute per tutta la vita.

«Grazie.» Non sapevo cos'altro dire, quindi mi rivolsi a suo figlio. «È adorabile.» Il mio cuore si strinse al desiderio di ciò che aveva lei.

Sorrise. Mi toccò la mano. «Puoi averne uno tuo.» La sua espressione era seria. «Zandia è piena di opportunità.»

«Vedremo.» Avevo un appuntamento con un medico tra qualche rotazione del pianeta, durante il quale avrebbe controllato i miei impianti e avrebbe cercato di capire se fosse possibile invertire la sterilità. Ma non era una cosa di cui desideravo discutere qui e ora.

Spostò lo sguardo sulla mia gamba ma non mi chiese nulla. «Se posso fare qualcosa, basta chiedere.» Ero sicura che lo intendesse davvero.

Una volta che se ne fu andata, avrei voluto dire ad Abbi di Tarek, ma Mirelle e Cambry si unirono a noi. All'inizio ero delusa, ma le due donne si rivelarono simpatiche e vivaci e mi piacquero finché Mirelle non disse: «Allora, ti interessa la navigazione? Se finissi per trasformarlo in una carriera, mi piacerebbe averti sulla mia navicella. Siamo piloti da caccia.» Indicò sé stessa e Cambry.

Spalancò gli occhi. «Oh, davvero?» All'improvviso mi

sentii molto inferiore, un impostore. «È magnifico.» La studiai di nuovo e notai delle cose che mi ero persa: il suo tono muscolare fenomenale; era magra ma fatta come una dea guerriera. Gli occhi attenti, il modo in cui scrutava costantemente l'area, che stesse parlando o meno. La sua posizione, come se fosse continuamente protesa in avanti nel vento, pronta a saltare verso qualcosa.

«Sì!» Era entusiasta, traboccante di energia.

Cambry, la rossa, mi guardò con un po' più freddezza. «Mio fratello Tal è candidato all'addestramento alla navigazione. Spera che Tarek lo scelga.»

Adesso mi sentivo orribile. Tarek prestava attenzione a me quando c'erano candidati effettivamente qualificati in fila. «Wow, hai un fratello?» mormorai. «Non ho visto nessun maschio umano da queste parti.»

«Oh, ce ne sono parecchi. Prima che riprendessimo Zandia, il capitano Rok ha sequestrato un'intera capsula della morte di Ocrezia per salvare Lily, la sorella della regina. Tutti gli esseri sulla capsula della morte, per lo più umani, ma anche alcune altre specie, sono stati in un certo senso arruolati nell'esercito zandiano. È così che Tal e io abbiamo imparato a volare.»

«È stata addestrata da Tarek» aggiunse Abbi, davanti a un boccone di arance.

Sprofondai più in basso sulla sedia.

«È andata bene, vero, Zina?»

«Oh, se ti sta addestrando lui, wow.» Mirelle si sedette. «Prende solo il meglio del meglio. Le mie congratulazioni.»

Cambry si sporse in avanti. «Come è andata la valutazione iniziale?»

All'improvviso mi era passata la fame. Posai la forchetta. «Ah, non sono sicura del risultato finale.» Ne ero molto sicura. Il negativo cinquanta per cento era impresso nella mia mente come un macigno.

«Allora Tarek è stato un idiota?» Abbi prese un altro boccone. «Perché vorresti non averlo mai incontrato?»

La guardai accigliata e provai a sussurrare: «Non adesso» ma sembrò non capire.

«Un idiota?» Mirelle ci pensò su. «Beh, è decisamente duro e burbero. Ma è giusto. È un navigatore straordinario.»

Tutte e tre mi guardarono.

«Sicuramente non è uno stronzo. Non volevo dire niente di negativo su di lui. C'è un po' di... ehm, tensione tra di noi. Tutto qui.» Volevo fidarmi di loro, ma avevo paura che mi giudicassero.

«Tensione, eh?» Abbi si avvicinò. «Perché sei arrossita?»

Mirelle fischiò. «Oh, Zina. Tu e Tarek... avete fatto qualcosa insieme?» Mosse le mani in un modo specifico che mi fece arrossire di più. «Santa stella zandiana, non avrei mai pensato che Tarek si interessasse a una donna.»

«No!» Alzai la voce. Mi guardai intorno e ripresi a parlare a bassa voce. «Perché dici una cosa del genere? Dovrei essere una specie di essere orribile per fare... qualcosa... subito con uno Zandiano. Senza essere accoppiata. Giusto?» Con mio orrore, il mio tono era lamentoso, come se avessi bisogno di una sorta di conferma. Ed era ovvio che avevo fatto più di "qualcosa" con il bellissimo e potente navigatore.

«Affatto!» Mirelle mi diede una pacca sulla mano. «È l'effetto degli zandiani. Sono così attraenti.» Mi sorrise. «I miei due compagni sono insaziabili. Certo, lo sono anch'io» aggiunse e rise. «Forse è per questo che andiamo così d'accordo.»

Abbi sorrise. «Se sei attratta dagli zandiani, è una buona cosa.»

Mi scapparono le parole. «Abbiamo fatto l'amore ed è stato fantastico, ma poi sembrava quasi che non volesse fare altro che scappare il più velocemente possibile. Immagino che sia convinto che non potrà mai accoppiarsi o avere figli a causa della sua condizione.» Potevo sentire il dolore e il rammarico nella mia voce.

Il sorriso di Abbi svanì.

Mirelle disse: «Ohhhh. Questa è dura. Sì, Tarek ha detto più di una volta che sarebbe rimasto scapolo per tutta la vita. Potrebbe non essere nemmeno approvato per l'accoppiamento: tutto passa attraverso il re su Zandia. Quindi... sì. Probabilmente è meglio non affezionarsi troppo.»

«Sì.» Annuii, cercando di fermare l'orrore che mi inondava. A Tarek avrebbe potuto non essere permesso di accoppiarsi. Non mi era venuto in mente. «È solo che... abbiamo un legame, sapete?» Le guardai, come se il mio sguardo potesse convincere non solo loro, ma addirittura tutta Zandia e forse Tarek (da lontano) che era inconfutabilmente vero.

«Forse sono solo i tuoi ormoni che si stanno svegliando» suggerì Mirelle. «Ti accendono delle cose. Ascolta, ci sono molti maschi qui che sono disponibili e ansiosi di trovare una compagna.»

Alzai una mano. «Non così in fretta. Non posso. Ancora.» Spinsi via il piatto, ormai fortemente nauseata. «Sono sterile. Non so se è possibile invertire la situazione. Quindi non sono disponibile.»

«Sterile, eh?» Cambry sembrava particolarmente interessata. «Se è così, allora sei compatibile con un maschio umano.»

«Come tuo fratello?» Mirelle diede una gomitata all'altra guerriera.

Cambry alzò le spalle. «Mi piacerebbe che si stabilisse con una compagna. Mi sembra ingiusto che tutte le femmine umane in età riproduttiva siano riservate agli zandiani.»

«Semplicemente non ce ne sono abbastanza» disse Mirelle. «Ma se nella galassia si diffonde la voce che Zandia è un rifugio sicuro per gli esseri umani, questo pianeta traboccherà della nostra specie.»

«Penso che sia proprio quello che vuole evitare re Zander» disse Cambry. «Questo, e iniziare una guerra con gli ocreziani che pensano di possedere ogni essere umano nella galassia poiché sono loro che hanno raso al suolo la Terra.»

Abbi mi abbracciò. «Zina potrebbe non essere permanentemente sterile. Deve vedere un dottore. Potrebbe essere in grado di invertire la sterilità. E sapete... sono successe cose più strane. Vivendo qui, dove c'è meno stress, i corpi hanno modo di guarire. È successo ad altre, quindi so che è una possibilità.» Sorrise.

Mi aggrappai alle sue parole. «Sarebbe grandioso. Avere un figlio mio sarebbe per me un sogno diventato realtà.»

E forse ero pazza, ma Tarek era l'unico maschio con cui riuscivo a immaginare di avere quel bambino.

Anche se era il signor instabilità.

* * *

Zina

STAVO TORNANDO da una visita a Kara e suo figlio quando lo vidi. Tutto il mio corpo tremò.

«Tarek.» Il mio respiro accelerò. «Ciao.»

«Zina.» Per una frazione di secondo il suo viso si illuminò, poi la sua espressione si rabbuiò. Si mise la borsa in spalla.

Prima che avesse la possibilità di dire qualcosa, fummo raggiunti dal suo capitano. «Tarek, possiamo scambiarci due parole?»

Mi allontanai e annuii, mostrando rispetto per il suo comando e il bisogno di privacy.

Abbi mi vide lì in piedi, piccola e con gli occhi vitrei, e mi prese la mano. Mi trascinò al bar all'aperto e mi trovò un posto con lei, e fui grata che avesse avuto abbastanza buon senso da trascinarmi via.

Cercai di non fissare Tarek, che era ancora fermo sul sentiero a poche decine di passi di distanza, e parlava con alcuni colleghi. Per quanto ne sapevo, non mi stava guardando, con i suoi sensori, chi poteva dirlo. Ma di certo non mi aveva dato alcun segno del fatto che sapesse, o che gli importasse, che ero qui.

«Scusa, sei Zina?» Un maschio umano con muscoli magri e una massa di capelli rossi si stagliava sopra di me. In confronto a Tarek sembrava un bambino.

«Sì?» Alzai le sopracciglia e mi asciugai frettolosamente l'occhio con un tovagliolo morbido, perché lo sentivo umido.

«Mi chiamo Tal. Sono il fratello di Cambry.» Sembrava a disagio.

«Ciao. Sono Zina.»

«Sì, lo so.» Sorrise.

«Oh giusto.» Mi sentii avvampare. Era bello e amichevole, ma riuscivo a pensare solo a Tarek, che ora sembrava decisamente prestarmi attenzione.

Anch'io mi alzai, perché mi sentivo strana a starmene seduta e guardarlo. «Sei...» non sapevo cosa chiedere. «Vieni da o stai andando a qualche tipo di missione?» Gettai il tovagliolo sul tavolo.

«Solo un allenamento. Ho sentito dire che sei interessata alla navigazione.»

«Uhm, sì.» In realtà, a un certo navigatore.

«Ti andrebbe di studiare insieme?»

Oh.

Controllai se Tarek stesse guardando. Stava guardando!

Girò immediatamente la testa quando lo guardai. Era sbagliato farlo ingelosire?

«Certo, perché no?» Rivolsi a Tal un sorriso forzato.

«Va bene, seguimi.»

«Oh, proprio adesso?»

Inclinò la testa.

«Ehm, va bene. Si può fare.» Ops. In realtà non volevo andare con lui. Volevo solo attirare l'attenzione di Tarek.

Presi il fazzoletto di stoffa e lo infilai nella borsa. Lo avrei lavato più tardi, ai dormitori.

Tarek girò di nuovo la testa verso di noi e io salutai. Non ero sicura se volevo che lo prendesse come un saluto o un arrivederci. Non pensavo nemmeno che gli zandiani salutassero. Facevano quell'altro gesto di alzare il pugno ad angolo retto.

Tarek aggrottò la fronte. Tal seguì il mio sguardo e si irrigidì quando Tarek venne verso di noi.

Aspettammo entrambi l'arrivo del nostro padrone. «Sembra arrabbiato» disse Tal. «Non ti pare?»

«Uhm... forse?» Ero tutta agitata, anche se, a differenza di Tal, ero segretamente eccitata dalla rabbia di Tarek.

«Merda.» Tal usò una vecchia parolaccia umana. «Dimmi che Tarek non è interessato a te. Mi sono messo in mezzo?»

«Sì forse.» Ero senza fiato per l'attesa.

Tarek torreggiò su entrambi, con le mani appoggiate sui fianchi, i potenti muscoli delle braccia che sporgevano. Volse i suoi occhi ciechi su Tal. «Cosa ci fai qui, umano?»

«Niente» disse immediatamente Tal. «Stavo solo vedendo se Zina voleva studiare navigazione con me. Ma, ah, sai, penso di studiare meglio da solo. Quindi, me ne andrò a farlo.» Cominciò a indietreggiare. «A studiare, cioè. Vado in caserma a studiare. Allora, ci vediamo più tardi. Per l'allenamento. Spero.» Fece il saluto zandiano mentre Tarek continuava ad accigliarsi e a trasmettere intimidazione nella sua direzione.

Alzai il viso per guardare Tarek. Il solo fatto di stare vicino a lui rendeva il mio corpo pronto e vivo. Sentii pulsare tra le gambe. I miei capezzoli erano diventati duri.

«Non parlare con quell'umano» ringhiò Tarek.

Ok, beh questo era troppo. Mi aveva praticamente mollata dopo che eravamo diventati intimi. Non aveva il diritto di decidere con chi potevo o non potevo parlare. Non che non stessi cercando di farlo ingelosire.

«Perché no?» chiesi.

Tarek non rispose, mi mise semplicemente una mano sulle spalle e mi diede una pacca sul sedere.

«Ehi! Tarek.»

Non disse una parola, mi portò semplicemente alla cupola di allenamento dove mi fece entrare e chiuse a chiave la porta. «Se ti do un ordine, tu dici: 'sì signore oppure sì, padrone'. Chiaro?»

Oh stelle, era sexy quando diventava autorevole. «Sì, padrone» dissi velocemente.

«Se ti dico di stare lontana da quell'uomo senza valore che ti stava troppo vicino, allora starai lontana da lui, kazo.»

Cercai di evitare di sorridere. «Perché, Tarek? Eri geloso?»

Si avvicinò e mi prese per la vita, sollevandomi in aria finché il mio viso non fu allo stesso livello del suo. «Stavi cercando di farmi ingelosire, piccola umana?»

Le sue antenne erano rigide e si muovevano nella mia direzione. Gli occhi, sebbene non a fuoco, avevano cambiato colore.

Mi voleva.

Questa consapevolezza calmò la mia ira per il modo in cui aveva lasciato che andassero le cose l'ultima volta. Tarek poteva anche credere di non poter avere una compagna, ma ciò non significava che non fosse attratto da me.

«Forse» ammise.

Tarek ringhiò e fece due passi verso il muro. Mi fece ricadere in piedi e mi fece girare per piazzarmi di fronte al freddo rivestimento di metallo. Con una delle grandi mani prese entrambe le mie e le inchiodò al muro, con l'altra mi diede uno schiaffo sul sedere, forte.

«Ahia!» gridai.

«Esatto, piccola umana. Questo è ciò che accade quando manipoli il tuo padrone.»

Oh, dolce Madre Terra. Non sapevo perché mi piacesse così tanto quando si definiva il mio padrone. Ero stata una schiava per tutta la vita e odiavo il padrone che avevo, ma l'idea di un maschio come Tarek come capo mi faceva tremare la pancia.

Mi sculacciò di nuovo, altrettanto forte. La pelle mi pizzicava e si riscaldava. Mi spostavo sui piedi, ma poi tornavo nella posizione in cui mi aveva messa. Volevo di più.

Ero alla disperata ricerca di qualcosa di più, in realtà. Ero così persa su Zandia, persa senza Enya e confusa da tutto ciò che era nuovo. Questa cosa con Tarek era l'unica parte che sembrava reale. Mi ricordava chi ero o il posto a cui appartenevo.

Il respiro di Tarek era affannato dietro di me, sempre più veloce. Anche lui era emozionato. «Tieni le mani sul muro» mi ordinò, rilasciando la presa. Con pochi movimenti rapidi, mi spogliò del vestito corto, lasciandomi con nient'altro che le mutandine. Poi me le abbassò fino alle cosce. «Ragazza disubbidiente.» La sua voce era più simile a delle fusa. Mi raggiunse la parte anteriore dei fianchi e piazzò la mano sul monte di Venere, immergendo le dita nella mia umidità.

«Sposta le mani e mi toglierò la cintura della spada e ti frusterò» ringhiò. Le parole erano dure, ma le dita... stelle, le sue dita! Mi accarezzò lentamente la figa, diffondendo la mia umidità sulle pieghe.

Poi mi sculacciò con l'altra mano, forte.

Piagnucolai dal bisogno. Mi toccò ancora un po', poi mi tenne saldamente per la figa mentre mi sferrava una raffica di sculacciate forti.

«Padrone» gemetti, perché sapevo che gli piaceva essere chiamato così. «Per favore.»

«Per favore cosa?» Altre tre sculacciate forti seguite da altre carezze sulla figa.

Ero fatta di bisogno fuso adesso. Mi faceva male il culo, la figa era gonfia e bagnata. «Per favore... *scopami*?» Usai la parola zandiana per indicare il sesso e la cosa dovette eccitarlo, perché ringhiò. Diede altre tre sculacciate e poi sentii il fruscio dei suoi vestiti.

«Spingi indietro il sedere e allarga le gambe» ordinò.

Obbedii, con il cuore che mi martellava nel petto. Mi tenne fermo il bacino con una mano e con l'altra strofinò la cappella sulla fessura. «Sì» gemetti.

Si spinse dentro e su, sollevandomi in punta di piedi con la forza della sua spinta. Gridai di dolore e lui restò fermo, stringendo entrambi i miei capezzoli con la punta delle dita. «Va tutto bene, bellezza?» chiese dopo qualche istante.

«Sì» sussurrai.

«Vuoi che ti scopi?»

«Sì padrone.»

«Grazie *kazo*» disse. Iniziò con spinte lente, verso l'alto, non meno energiche della prima. Era troppo grosso e troppo duro, eppure c'era qualcosa di così soddisfacente nell'essere completamente riempita, completamente dominata.

Mi tenne per i fianchi e prese velocità, colpendomi il sedere con i suoi lombi.

Appiattii le mani contro il muro e appoggiai le braccia per evitare che la faccia entrasse in collisione con il metallo.

«Non puoi manipolarmi, Zina» disse mentre continuava a penetrarmi.

«No, padrone» concordai, anche se non ero minimamente dispiaciuta del risultato.

«E stai lontano da quell'umano.»

«Lo farò» promisi, senza fiato.

«*Kazo*, Zina» imprecò, mentre le spinte diventavano irregolari. «È bellissimo. Non avrei mai immaginato che potesse essere così bello.» Raggiunse la parte anteriore dei miei fianchi e trovò il clitoride. Nel momento in cui lo strofinò, venni, e le gambe mi diventarono di gomma. Tarek mi sostenne e mi scopò forte mentre stringevo il suo cazzo e poi gridò, mentre il seme caldo mi riempiva e si riversava lungo le gambe e lui mi teneva stretta.

* * *

TAREK

Kazo. L'avevo fatto di nuovo. Non sapevo perché non riuscivo a tenere le mani lontane dall'attraente umana. Per me era semplicemente irresistibile.

Avrei dovuto incoraggiare un suo legame con Tal, il mio apprendista umano, perché di certo non potevo reclamarla io, e invece avevo fatto la mia dichiarazione al mondo gettandomela sulle spalle e portandola sulla cupola.

E quando l'avessi tagliata fuori dall'addestramento, cosa sarebbe successo? Non sarebbe più stata una mia allieva. E io non sarei più stato il suo padrone. Non avrei più avuto alcun diritto di punire il suo dolce culetto.

E perché diavolo questo pensiero mi faceva venir voglia di distruggere tutta l'attrezzatura nella cupola?

Tornai dalla preziosa femmina e usai la mia tunica per pulirle le gambe.

Non sapevo nemmeno cosa dirle adesso.

Mi dispiace. Sono un idiota che non riesce a toglierti le mani di dosso.

Non volevo dirle nessuna di queste cose. Volevo che fosse una mia allieva volenterosa, soggetta alla mia disciplina.

Soggetta al mio cazzo.

Ma non sarebbe passato molto tempo prima che i miei superiori si chiedessero perché stavo sprecando il mio tempo con lei quando era così chiaramente non qualificata.

Aiutai Zina a rimettersi i vestiti. «Farai la brava?» chiesi, continuando a fingere di disciplinarla.

«Sì padrone.» Si appoggiò a me e non mi trattenni dall'avvolgerla tra le braccia e avvicinare la sua figura morbida alla mia.

«Brava ragazza.» Le diedi una stretta al sedere e poi una pacca. «Allora ci vediamo la prossima settimana.»

Si allontanò. I sensori mi dissero che i suoi occhi erano puntati sul mio viso. Probabilmente stava cercando di capire cosa stesse succedendo tra noi. Ed ero uno stronzo perché non riuscivo a spiegarlo. Perché non sarebbe dovuto succedere.

«Ciao, Zina» mormorai, accompagnandola alla porta.

«Ehm, ciao. Ci vediamo la prossima settimana.»

Le diedi un'ultima pacca sul sedere prima che lei passasse dalla porta, e poi mi diressi verso il lavandino in modo che il mio capitano non mi sentisse il suo odore addosso.

Mi sarei ritrovato in una galassia di guai se non mi fossi tirato indietro da questa umana.

Eppure, prendere le distanze sembrava semplicemente impossibile.

CAPITOLO NOVE

Zina

Zina

«Abbiamo fatto. Puoi vestirti quando sei pronta.» Il dottore si allontanò e sentii i suoi strumenti tintinnare nel lavandino detergente oltre la capsula medica. «La procedura è stata un successo e non vedo alcun motivo per cui la tua sterilità non possa risolversi in soli tre mesi. Sono riuscito a rimuovere il dispositivo per l'impianto della sterilità e i tuoi ormoni sono attualmente a livelli perfetti per la procreazione umana. Riya ti aiuterà con le medicazioni, quindi per favore prestale la tua attenzione.»

Una volta che uscì dalla capsula medica, mi sedetti e mi toccai la pancia. «Mi sento insensibile.» Anche la mia mente era stranamente disconnessa da quello che era appena successo. Dopo gli esperimenti fatti su di me, era stato difficile sdraiarmi lì e lasciare che un medico mi esaminasse. Avevo dovuto lasciare il mio corpo mentalmente ed emotivamente per evitare di combatterlo o di scappare fuori dalla porta.

Ma ora che era finita, avrei dovuto essere felicissima di

sapere che la mia fertilità era di nuovo quasi una certezza. Perché ero così abbattuta?

«Il blocco nervoso svanirà in pochi minuti. Hai le vertigini?» Riya si avvicinò con le bende.

«No. Non credo.» Mi guardai intorno. «È stato sorprendentemente veloce.» La capsula medica era sterile e modesta e mi ricordava cose precedenti... Tremai, scacciando i vecchi ricordi. La mia gamba. Mi concentrai sugli sforzi che qualche essere aveva fatto per rendere il posto allegro. C'erano tende leggere sulle alte finestre rotonde e uno splendido disegno, probabilmente gesso su una pergamena, di un paesaggio zandiano. Era calmante ed ero abbastanza sicura che l'avesse disegnato una femmina umana. I maschi zandiani non sembravano particolarmente portati per l'arte.

Lei annuì. «Abbiamo acquisito una certa familiarità con i dispositivi ocreziani e il medico ha un alto tasso di successo nell'invertirli. Al cento per cento, a dire il vero, ma non vogliamo prometterlo per scrupolo. Dovrai solo aspettare che il tuo corpo si adatti. Ti daremo un farmaco da assumere nei prossimi mesi, che dovrebbe aiutarti ad abituarti ai nuovi ormoni. Potresti sentirti più emotiva.»

«Va bene.» Strinsi i pugni sul vestito bianco. «Capito.» L'ansia mi corrodeva lo stomaco.

La sua voce era dolce e gentile. «Andrà tutto bene, Zina. Posso?» Mi sollevò il camice e mi mostrò l'area dell'intervento.

La ferita era piccola, lunga appena un centimetro, e si trovava proprio sopra la mia precedente cicatrice dovuta all'intervento chirurgico. «Guarirà in poche ore con l'impacco medico.»

Anche se conoscevo la velocità della guarigione zandiana, mi lasciava ancora perplessa. «Oh.»

«Entro domani potrai fare tutto come al solito.» Sorrise.

«Grande. Tornerò a preoccuparmi per Enya e a ossessionarmi per Tarek senza problemi» mormorai.

«Prego?» inclinò la testa.

«Grandi notizie. Sono elettrizzata.» Lanciai un'occhiata alla porta da cui era uscito il dottore, forse cercando di distrarla dal fatto che avevo parlato di Tarek.

«So che il dottore è brusco» si scusò. «Ma è il migliore sul pianeta, forse di molte galassie. E come sai in questo momento è concentrato sulla sua compagna, Bayla e sulla sua bambina umana.

«Oh, madre terra. La sua compagna è la madre di Enya?» Il cuore mi batteva forte. «Perché non ha detto niente?» Le lacrime mi riempirono agli occhi. «Io sono la sua... custode. Quella che l'ha aiutata a fuggire. Perché non avrebbe dovuto almeno... ringraziarmi?»

Sembrò confusa. «Non lo so. Forse non vuole mescolare il personale con il professionale. Non è propriamente un tipo caldo e indistinto. In questo momento, la cosa importante era portare a termine l'intervento, non turbarti con discussioni su questo.»

Presi il mio vestito. «Voglio andare a casa.»

Era solo un altro esempio di come non valevo abbastanza da essere trattata da pari a pari. Era fantastico che mi fossi presa cura di Enya per tutti quei cicli solari. Era fantastico che io l'avessi aiutata a scappare. Ma ora che ero qui? Dovevo stare lontana da lei. Ero ancora di basso livello, anche in questo ambiente apparentemente "libero". Grandioso.

Mi infilai i sandali. «Grazie per l'aiuto.»

Mi porse una cartella con alcuni farmaci e unguenti. «Abbiamo aggiornato la tua comunicazione con le istruzioni su come occuparti della ferita. Per favore, informa immediatamente la madre del dormitorio, la signora Kaal, se senti qualche dolore...»

«Grazie. Ciao.»

Me ne andai più veloce che potevo, non curandomi di apparire maleducata.

Tutto ciò era più che frustrante. Dovevo vedere Enya.

* * *

BAYLA

NON SAPEVO cosa dire a mia figlia.

Era seduta dall'altra parte della stanza e guardava la città sottostante dalla grande finestra di vetro ricurva. Vestita con un fluente abito zandiano, con i capelli corti lucenti e acconciati, era la creatura più meravigliosa che avessi mai visto.

E lei mi odiava.

Da quando ci eravamo riunite, era stata distante e riservata. Imbronciata. Non sapevo cosa mi aspettassi, ma di certo non era questa piccola persona arrabbiata che mi trattava come un'estranea.

«Ti senti male?» La controllavo costantemente. Volevo fare qualcosa, qualunque cosa per lei.

«No.» La sua voce era fredda e distante. Non si voltò.

«Sei sicura?»

Non rispose, si limitò a incrociare le braccia e a guardare attraverso il vetro, come se volesse scioglierlo con gli occhi.

Ero stata io a insistere affinché ci fosse concesso tempo ininterrotto per legare. Che sarebbe stato molto meglio per Zina adattarsi da sola, mentre a Enya veniva concesso del tempo con me. Era mia figlia! Stavo aspettando questo momento da infiniti cicli solari.

Ma dopo il nostro primo fantastico abbraccio, in cui entrambe avevamo riso, pianto e ci eravamo abbracciate per quelle che erano sembrate ore, lei si era ritirata. Non aveva più interagito con me.

«Hai fame?» Mi agitai intorno alla postazione nutrizionale, le dita mi tremarono leggermente mentre raccoglievo il frutto più maturo e lo mettevo su un vassoio d'argento. «Ti ho conservato i migliori…»

«No.» La sua voce era bassa, e si stava asciugando gli occhi.

«Non hai praticamente mangiato da quando sei arrivata.» Guardai, impotente, la sua figura snella. Il mio tono era supplichevole. «Voglio solo che tu guarisca.»

«Sto bene.»

«Daneth, il mio… il dottore, dice che hai bisogno di sostentamento.» Spinsi il vassoio e glielo avvicinai fino al gomito.

«Il dottore non ha idea di cosa ho bisogno» sbottò. Colpì il vassoio con il braccio, facendo cadere i grappoli di acini sul pavimento, dove rotolarono sulla superficie di marmo lucido.

Sussultai e mi agitai, e qualcosa in me si ruppe. «Nemmeno io» sussurrai, portandomi una mano al viso. «Non è quello che mi aspettavo.»

Poi mi guardò, con espressione indecifrabile. Non conoscevo questo essere. Lei era mia e non era mia.

«Di cosa hai bisogno?» Riuscii a malapena a pronunciare le parole. Il cuore mi si spezzò nel petto.

«Forse invece di tenermi prigioniera qui, rinchiusa nel palazzo mentre voi tutti decidete cosa devo fare, dove devo andare e con chi parlare, perché non mi chiedete davvero cosa voglio?» Si alzò in piedi, il suo tono era stridente. «Sono stata portata qui e poi mi avete portata via dalla mia unica famiglia. Nessuno mi ha nemmeno permesso di parlare con Zina tranne una volta tramite ologramma.» Le lacrime le scendevano sul viso. «E ovviamente voglio essere qui con te, davvero, ma voglio anche… lascia stare.» Mi guardò male, ma attraverso la sua rabbia, lo vidi. Era confusa quanto me. Probabilmente di più.

«Dimmi.»

«Tutto ciò che ti interessa sei tu e il tuo nuovo piccolo.» Sbottò e incrociò le braccia, il viso angosciato.

«Non è vero.» A quelle parole avrei potuto giurare che il mio cuore stesse andando in pezzi. «Per favore. Mi dispiace davvero.»

«Per che cosa?» Girò la testa. Mi sembrò di sentire la speranza nella sua voce. «Di cosa ti dispiace?»

Mi asciugai gli occhi. «Mi dispiace di non aver potuto essere tua madre per così tanti cicli solari. Mi dispiace di non aver potuto impedire loro di portarti via tutti quei cicli solari fa. Mi dispiace che siamo nati come esseri umani in una galassia in cui siamo considerati la specie più bassa e sacrificabile. Mi dispiace che tu non abbia avuto modo di vedere la tua... amica.» Sentii le labbra contorcersi mentre lo dicevo. «Zina. So che... le vuoi bene.»

Le tremarono le labbra. «Non intendevo amare Zina più di te! Ma tu eri sparita. Non avrei mai pensato di rivederti. Ed è l'unica madre che abbia mai conosciuto.» Singhiozzò, le spalle le tremavano. «Io non so cosa fare. Non lo so!» Mi guardò, angosciata. «Ho ancora bisogno di lei.»

Andai da lei senza esitazione e la abbracciai. Era così diversa dal mio bambino mezzosangue; più ossuta, più alta. Il suo viso aveva degli angoli e gli occhi rivelavano dolore e diffidenza. Ma era mia, la mia carne e il mio sangue, la mia ragazza.

«Faremo in modo che funzioni» sussurrai, mentre la cullavo. Si appoggiò a me, rilassandosi forse per la prima volta da quando era arrivata. «Ti voglio bene. Non ho mai smesso di amarti. Se vuoi... Zina» mi costrinsi a pronunciare il suo nome «allora ti lascerò stare con lei. Va tutto bene.»

Non andava tutto bene. Avevo bisogno che mia figlia volesse *me*. Amasse *me*. Ma non c'era altra opzione.

«Anch'io ti voglio. Voglio dire, voglio volerti.» Tremò. «Sono così distrutta. Questa cosa non si risolverà mai.» Tremava tutta. «Non posso gestirlo!»

E all'improvviso ero di nuovo sua madre, proprio così. Sapevo che potevo sistemare la cosa anche per lei. Era il mio lavoro.

«Si sistemerà.» Le alzai il mento e guardai il suo bel viso. Quegli occhi, li conoscevo. Erano i miei occhi, che mi guardavano. «Promesso. E puoi gestirlo. Noi umani siamo feroci e non ci arrendiamo. Non ho mai smesso di volerti e di cercarti. Non lo sapevi, ma ero là fuori e pensavo a te in ogni singola rotazione del pianeta.»

«Davvero?» Tirò su con il naso.

«Sì.» Inspirai. «Anche dopo essermi accoppiata con Daneth e aver trovato la felicità, una parte di me era sempre con te. Ogni singolo secondo.»

«Anch'io ho pensato a te.» Singhiozzava. «Ma sono stata male, perché era passato tanto tempo e non mi ricordavo di te.» Ricominciò a versare lacrime. «Sono stata una cattiva figlia.»

«No!» Sei stata eccezionale, e lo sei ancora di più, adesso.» Volevo convincerla di questo con ogni fibra del mio essere. «Non avresti potuto ricordarti di me, perché ti hanno portata via quando avevi solo una rotazione planetaria. Ma sei sopravvissuta. Sei qui. E sei amata.»

«Davvero?» La sua voce era così piena di speranza che mi spezzò il cuore.

«Voglio che tu lo sappia. Anche se eri sola, eri amata. E sono così felice che Zina fosse lì per aiutarti a superare tutto questo. È un miracolo, proprio come te. E iniziando da questa rotazione del pianeta, andremo a incontrarla. Puoi passare tutto il tempo che vuoi con lei.» La mia voce non si incrinò nemmeno mentre dicevo queste parole. Tutto quello che potevo fare era sperare che fosse la cosa giusta, e che Enya tornasse da me se la lasciavo libera.

Mi resi conto che queste erano le parole giuste perché lei ricadde contro il mio corpo e mi avvolse con le braccia mentre piangeva e singhiozzava. La tenni senza parlare, lasciandola semplicemente singhiozzare, facendole sapere che ero qui per lei. Non me ne sarei andata. E le avrei dato tutto ciò di cui aveva bisogno.

CAPITOLO DIECI

Zina

«Oh, Zina!»

Era la mia amica Kara. L'avevo incontrata per la prima volta con Mirelle e Cambry, quando avevamo mangiato le arance e avevo pianto per Tarek.

«Ciao.» Mi sistemai la borsa sulla spalla. «Sto andando alla, ah, cupola del pilotaggio. Ho l'addestramento, sai.» Indicai l'edificio di fronte a me, con l'adrenalina che saliva alle stelle. «La mia seconda sessione, in effetti.»

Scacciai il senso di colpa che provavo per aver sottratto il suo tempo a candidati veri e più talentuosi. Tarek non mi aveva detto di non andare, nello specifico. In effetti, ricordavo esattamente cosa aveva detto: «Vieni tra tre rotazioni planetarie se vuoi.»

Quindi tecnicamente significava che ero ancora nella lista, no? Questo era quello che avrei affermato, comunque. Dopotutto, il protocollo standard era un insieme di cinque sessioni per il test iniziale di navigazione più il posizionamento.

«Sto facendo il test da navigatore.» Sembrava una cosa folle e cercai di non alzare gli occhi al cielo.

«L'ho sentito dire.» Alzò un sopracciglio.

«Che cosa hai sentito esattamente?» Mi morsi l'interno del labbro inferiore, cercando di non sembrare troppo ansiosa. «E da chi?»

Stava per rispondere, ma il bambino al suo fianco la interruppe, agitando un minuscolo pugno viola, mentre l'altra mano era aggrappata saldamente al tessuto della spalla di sua madre. «Io voglio giocare!» urlò.

Lo prese tra le braccia e gli piazzò un bacio sulla testa liscia. «Prima dobbiamo fare alcune cose, Braxton.»

Le sue urla aumentarono di volume e prese a calci il pacco che aveva in mano la madre. «Tesoro, ne abbiamo già parlato.» Aveva la voce stanca. Notai delle borse sotto i suoi occhi.

«Posso provare?» Automaticamente, allungai la mano per prenderlo.

Lei sbuffò. «Fai pure. Forse sei la magia di cui abbiamo bisogno. Non ascolta niente di quello che dico.» Ma me lo passò con una fiducia che mi fece sorridere. Qualunque cosa avesse sentito sulla mia esperienza tattica, o sulle lacune di questa, condivideva quel senso che le donne umane avevano l'una verso l'altra: *posso fidarmi di te. Sei un porto sicuro.*

Il suo bambino era caldo tra le mie braccia e più pesante di quanto sembrasse. Ma c'era qualcosa di così giusto e sorprendente nel tenere la sua piccola struttura robusta.

Sorpreso da questo cambiamento nella routine, singhiozzò e mi fissò, studiando il mio viso.

«Sai come si gioca al lancio della pietra?» Guardai i suoi occhi castano chiaro, bordati di viola, come quelli degli zandiani adulti.

Si allungò per toccarmi i capelli. «No.»

«È divertente.» Lo spostai in una posizione migliore e inclinai la testa. «A turno lanciamo sassi in un cerchio che disegniamo nella terra con un bastone. Ho la sensazione che saresti bravissimo. Vuoi provare?»

«Non c'è terra qui.» Indicò giù, il pavimentato fatto di roccia piatta simile al marmo.

«Vero. Ma c'è del gesso proprio qui dentro.» Indicai la cupola del navigatore. «E alcuni fantastici tappetini morbidi per saltare.» Aprii la porta. «Entra, ti faccio vedere.»

«Dovremmo...» Sua madre esitò.

«Oh, va bene» dissi con più sicurezza di quanta ne avessi. «Sono in anticipo, quindi posso giocare con lui mentre aspetto. Sono l'unica prevista per quest'ora, quindi non saremo d'intralcio.»

Mi diressi nell'area, oltre gli schermi e la configurazione del navigatore, verso i tappetini dove Tarek mi aveva lanciato la palla. Dove avevamo fatto l'amore.

Per il momento era vuoto, quindi presi una palla tattica più piccola dalla rastrelliera. «Mettiamo giù questa, okay?»

Kara toccò il comunicatore e parlò. «Oh, non so se posso venire adesso a prenderlo. Braxton sta facendo i capricci. Non so nemmeno se ce li ho venti minuti.» Sospirò. «Forse un'altra rotazione del pianeta…»

«Posso tenerlo d'occhio io.» Le parole mi uscirono veloci.

Si girò. «Ma la tua sessione.»

Le sarebbe piaciuto, lo vedevo.

«Non comincerò per un po'. Ho tempo. Mi piacerebbe farlo.»

Si guardò intorno, valutando la cosa. Ero certa che stesse facendo qualche complessa equazione mentale, valutando la posizione, il fattore di fiducia, l'urgenza. Sembrava aver preso una decisione. «Beh, sarebbe utile. Se davvero non ti dispiace.»

Lanciai la palla e lui la afferrò. Risatine. «Posso contattarti immediatamente se ci sono problemi. Se vuoi, puoi lasciare il dispositivo di comunicazione sempre acceso.»

«Sarò veloce.» Si lanciò in avanti e si chinò per abbracciare il bambino. «La mamma va a fare una commissione e torna. Puoi restare qui con Zina mentre lo faccio?»

«Vai via.» La spinse con una mano e mi sorrise, in modo incantevole. «Gioco con Zina.»

«Va bene allora.» Alzò gli occhi al cielo e mi sorrise. Disse «grazie» mentre si girava verso la porta. «Ci metterò solo qualche minuto.»

Braxton e io giocavamo con la palla quando all'improvviso capii che non eravamo soli. Lo sentii dietro di me, che mi fissava. Non con gli occhi, con tutto il suo essere, come faceva lui. Era Tarek. Era come se potessi fiutarlo, o lo percepissi, non sapevo come funzionasse, ma il mio corpo formicolava.

«Vedo che hai un protetto con te in questa rotazione del pianeta.» La sua voce era profonda e sexy, proprio come ricordavo.

«Sì.» Mantenni la voce fredda mentre lanciavo la palla.

Braxton la prese anche se ero molto lontana.

«A quanto pare, supera le tue capacità. Sei chiaramente un istruttore di gran lunga migliore rispetto a come sei da allieva.» Era rigido e fissava Braxton.

Se non lo avessi saputo, avrei pensato che avesse quasi... paura dei piccoli. Si comportava come se fosse una *vipn* selvatica invece che un bambino.

«Non è molto motivante, Tarek. Mi sarei aspettato di più dal miglior trainer di navigazione di Zandia.»

Misi le mani sui fianchi e strinsi gli occhi, girandomi a guardarlo. «Spero che tu non parli in quel modo a tutti i tuoi speranzosi tirocinanti.»

Contrasse le labbra. «Certo che no, Zina, li riempio di dolci complimenti femminili. Il modo migliore per addestrare i guerrieri è coccolarli.» Era ancora concentrato sul bambino. Mi chiedevo cosa gli stessero dicendo i suoi sensori.

«Mi dispiace di averlo portato qui» dissi, anche se non era così. «Eravamo in anticipo, quindi ho detto a sua madre che potevo giocare con lui qui.»

«Sì... ne discuteremo.»

Un brivido di eccitazione mi attraversò sentendo il suo tono autorevole.

«Avresti dovuto chiederlo prima. Questa cupola può essere pericolosa, Zina.» Mi guardò accigliato. «Se avessimo utilizzato uno degli strumenti di addestramento, avrebbe potuto farsi male con le armi di prova. Per non parlare del fatto che questa cupola è tutt'altro che a prova di piccolo.» Si guardò intorno. «Non credo ce ne sia mai stato uno qui.»

«Può restare per ora fino al ritorno di sua madre? Ci vorranno solo pochi minuti.» Esaminai attentamente lo spazio. «Non vedo nulla di letale.»

«Se continui a tenerlo d'occhio.» Sembrava riluttante. «E intendo il controllo totale.»

«Ovviamente. Non avrà alcun impatto nemmeno sul mio allenamento» promisi. «È bravissimo.»

«Non sono sicuro che qualcosa possa ostacolare il tuo allenamento» disse seccamente, sistemando lo schermo del computer. «Perché in base alle tue prestazioni, non puoi andare più a fondo.»

Ah. Almeno si stava rilassando un po' Mi rendevo conto che portare un piccolo qui forse non era stata la cosa più delicata che potessi fare, in base alla reazione che aveva avuto anche solo a parlare di bambini l'ultima volta che eravamo stati insieme. E supponevo che avesse ragione riguardo alla questione della sicurezza. Ma ormai era troppo tardi.

Forse gli avrebbe fatto bene. Gli avrebbe dimostrato che i bambini non erano così spaventosi.

Replicai. «Ho bisogno di un'altra possibilità. Non stavo dando il meglio di me.»

Si schiarì la gola. «Si dice che gli umani siano una delle specie più ottimiste della galassia. Non sei altro che un ottimo esempio della tua specie.»

Ma mi aveva comunque detto di tornare. Se ero così tremenda, perché si prendeva la briga di valutarmi? Gli zandiani erano efficienti. Non perdevano tempo. Quindi doveva volermi qui per qualche mia capacità, no? Probabilmente la stessa capacità che speravo io.

Braxton si avvicinò, incuriosito, e mi mise un braccio intorno alla gamba. Sbirciò di lato per guardare Tarek.

«Grande guerriero» osservò.

«Sì lo è. Grande e molto abile. E anche bello, non credi?»

«I complimenti non ti porteranno da nessuna parte, piccola umana» disse Tarek, ma sembrava divertito.

«Ottimo orientamento ai dettagli.» Accarezzai la testa di Braxton tra le minuscole antenne. «Forse può insegnarti qualche mossa.»

«Non credo.» Tarek gli voltò le spalle.

«Bene, allora potrò insegnartele io, una volta che le avrò imparate.»

Tarek mormorò qualcosa. Sembrò qualcosa come "Improbabile".

«Che cosa?» Mi avvicinai, trascinando Braxton dolcemente come se fosse un arto in più. Lui ridacchiò.

«Ho detto, preparerò il prossimo programma per te. Vedremo come andrai questa rotazione del pianeta.»

«Eccellente. Ho intenzione di battere il mio punteggio della scorsa settimana.»

Tossì. «Spero che tu sia in grado di farlo.»

«Lo farò questa rotazione del pianeta.» La mia voce era

più bassa e più roca e ricordai cosa *avevo fatto* l'ultima volta. Quello che lui *mi* aveva fatto. Quanto mi era piaciuto.

«Bene.» Anche la sua voce era bassa e sensuale.

Stelle, quanto avrei voluto lanciare quel computer fuori dalla porta, prenderlo e implorarlo di fare l'amore con me. Certo, non con il piccolo che guardava, una volta che sua madre lo fosse venuto a prendere, ovviamente.

A proposito di sua madre, Kara era tornata, con la borsa piena di frutta.

«Oh, Zina, grazie mille, per le stelle.» Tese le braccia a Braxton, ma lui si voltò e si lanciò dietro di me. «Tesoro, dobbiamo andare adesso così posso andare alla riunione di pianificazione agricola.»

«No. Incontro noioso!» urlò Braxton. «Resto con Zina. E lui.» Indicò Tarek.

Oh. Forse non era il bambino più educato, ma chi ero io per giudicare? Aveva sicuramente buon gusto.

«È solo perché siamo una novità» mi scusai, nel caso Kara si fosse offesa.

Ma non lo era. Rise.

Ero affascinata. Guardare le madri in azione, madri che non rispondevano a padroni di schiave, era entusiasmante, complicato e così diverso da qualsiasi cosa avessi mai sperimentato. Era... *carino.*

«Forse posso continuare a guardarlo» dissi, controllando il viso di Tarek per vedere come reagiva.

Strinse la mascella e si accigliò. «O forse non questa rotazione del pianeta» aggiunsi in fretta. «Dato che il mio allenamento sta per iniziare, e di certo non voglio disturbare Tarek.»

«Anche Braxton deve imparare ad avere pazienza.» Kara lo prese in braccio e gli fece il solletico con i capelli e lui scoppiò a ridere, di nuovo felice. «Ma se potessi guardarlo di nuovo un'altra volta, magari...» Mi guardò, speranzosa. «Prima della sessione? Potrebbe andare?»

«Siamo d'accordo.» Le feci l'occhiolino. «Ciao, Braxton.»

Quando se ne andarono, Tarek incrociò le braccia. «Ti stai prendendo delle libertà.»

«Qualcuno deve farlo.» Incrociai anch'io le braccia.

«Prego?» Le sue antenne si irrigidirono.

«Sembrava semplicemente la cosa giusta da fare.» Feci un passo avanti. «Cosa vuoi che faccia?»

Passò un attimo e mi convinsi che volesse dire qualcosa di così sporco e depravato che sarei diventata rossa e gli sarei saltata addosso con desiderio.

«Proveremo di nuovo il programma» disse invece, anche se i suoi occhi bruciavano di una sorta di energia.

«Oh grandioso. Sono davvero entusiasta.» Flessi le dita. «Mi sono allenata.»

«Sì? Come?» Mi si avvicinò. «Spiegami per favore.»

«Ho fatto stretching alle mani. E ho sbattuto molto le palpebre.»

«Una vera guerriera, per le stelle.» Rise.

«Se non miglioro del venticinque per cento in questa rotazione del pianeta, puoi…»

«Posso cosa?» Adesso era ancora più vicino e la sua voce era bassa e pericolosa.

«Forse puoi darmi una lezione su quanto sia importante esercitarsi di più.» Non sapevo cosa stavo dicendo. Ero inebriata dal suo profumo, dalla sua vicinanza.

Ridacchiò. «Oh, piccola umana, ho intenzione di insegnarti più di questo.» Allungò una mano e mi scostò una ciocca di capelli dal viso. «Te lo posso garantire.»

Sentii la pancia riempirsi di desiderio e trattenni un sussulto. Per favore, per favore…

Ma lui fece un passo indietro. «Siediti, Zina. Spero che ti ricordi il grosso bottone rosso dell'ultima volta?»

«Ricordo ogni cosa.»

Feci un respiro profondo, costringendomi a concentrarmi. Toccai il pulsante. «Ogni. Singola. Cosa.»

«Eccellente. È il minimo indispensabile, una memoria eidetica, per un navigatore di prim'ordine. Concentrati.»

Era troppo vicino, ma fissai lo schermo e toccai quando gli asteroidi volavano accanto, seguendo le istruzioni sulla barra che mi dicevano di schivare a sinistra, a destra, girarmi, tornare indietro.

Prima che me ne rendessi conto, era passata un'ora e avevo gli occhi stanchi.

«Va bene, ho finito.» Mi alzai e mi strofinai le tempie. «Come sono andata? Sono migliorata?» Girai la testa per vedere lo schermo, ma in qualche modo aveva cancellato i miei punteggi.

«Discuteremo tra poco il tuo punteggio. Ma prima dobbiamo parlare della tua insubordinazione, del fatto che hai invitato il bambino qui senza permesso. Questo richiede... una raddrizzata.»

«Davvero?» Il battito mi accelerò: non ero sicura se fosse trepidazione o eccitazione. «Ma mi sono scusata.»

«Vero. Ma il protocollo resta.»

Mi si strinse la figa. Tutte le mie fantasie sul fatto che lui fosse il mio padrone, che mi punisse con la frusta e la lingua, si riversarono in primo piano nella mia mente.

Guardai lo schermo, ma lui lo chiuse con un gesto della mano. «Dopo.»

Forse era una forma perversa di flirt, ma lo provocai. «Dai, dimmelo e basta. Non lasciarmi con il fiato sospeso.»

«Zina...»

Gli afferrai il polso. «Mi merito i risultati. Fammi vedere.»

Stelle, il suo braccio era come il ferro. Teneva l'avambraccio all'altezza del petto e, mentre lo afferravo, anche appoggiando tutto il mio peso sul suo braccio, sollevando le ginocchia come se fossi pronta per fare un pull-up, non si mosse. Tutto il mio corpo pendeva dal suo avambraccio e lui non tremava nemmeno. «Dammi i numeri!» esclamai, ansimando.

«Hai finito?»

Stelle, era sexy quando era severo. Abbassai i piedi a terra. «Ehm, sì?»

Sapevo di aver oltrepassato il limite. Era una mossa che si poteva fare con un amante, un compagno, non con un allenatore, neanche con uno dallo sguardo ardente. Neanche con uno che ti aveva scopato solo una settimana fa.

«Mi dispiace?»

«Ti dispiacerà.» Il suo tono era colloquiale ma la faccia era seria. «Zina, io sono il tuo padrone qui e stai esagerando.»

Mi morsi il labbro. «Mi punirai?» Cercai di non sembrare troppo speranzosa.

I suoi occhi divennero di un viola più intenso, il marrone svanì. Le antenne si allungarono e si inclinarono nella mia direzione. «Sì, devo punirti.» La sua voce era impastata.

«*Devi?*» Ripetei, senza fiato.

«Voglio.»

Il calore si accumulò tra le mie gambe. Il battito accelerò.

«Vai al muro e prendi la cinghia di cuoio.» Indicò. «È appesa accanto agli altri strumenti.»

Esitai. Forse avevo fatto il passo più lungo della gamba con questo maschio. Tutto il mio corpo si riempì di adrenalina. «Oh. Stelle.» Non riuscivo a muovermi.

«Se perdi tempo, aggiungi solo più colpi. Inizierai con quindici. Se fossi in te, andrei velocemente. Ma valuta tu.» Sorrise, un sorriso malvagio e autorevole. I miei capezzoli divennero duri come il cristallo di Zandia. La figa gocciolava. «Se ne vuoi di più, posso accontentarti.»

Mi avvicinai, lentamente. C'erano un sacco di cose appese al muro, la maggior parte delle quali non conoscevo e probabilmente servivano per riparare l'attrezzatura di volo. Ma questa cinghia nell'angolo... sicuramente non serviva per navigazione. Perché era qui?

La presi dal gancio. Era elastica e solida. Tremai con un misto di ansia e desiderio. L'avrebbe usata davvero su di me?

«La rotazione del pianeta non si accorcia, Zina.» Sentii la sua voce, bassa e seducente. «Dammela. E togliti il vestito.»

Stelle. Stavo andando a fuoco proprio adesso, solo per il suo tono. Era come miele e sesso mescolati insieme al dominio.

«E se entra qualcuno?»

«Siamo soli. E ho chiuso le porte. Siamo solo io e te, Zina. Togliti quel vestito. Se devo aiutarti, aggiungerò dei colpi extra.»

In trance, mi avvicinai a lui. Misi la striscia di pelle nel suo enorme palmo viola. Alzai lo sguardo verso i suoi occhi ciechi e tirai giù il tessuto elastico sulle mie spalle, oltre i fianchi, e lo lasciai cadere ai miei piedi. Sotto ero nuda, tranne che per un paio di mutandine sottilissime. Non avevo idea di cosa gli mostrassero i suoi sensori, ma quando guardai le sue cosce e vidi quanto era duro il cazzo, sapevo che doveva piacergli.

Sorrisi e risposi. «E adesso?»

«Piegati su questo sedile.» Senza aspettare, mi prese in braccio. Strillai e scalciai per la sorpresa mentre mi trasportava senza sforzo su un sedile volante nell'angolo. «Mettiti comoda... per ora, comunque.»

Mi aiutò a sistemarmi, piegata in vita con le mani appoggiate sul sedile, si abbassò e tolse le mutandine in modo che il mio culo nudo fosse ben esposto per la punizione. «E non cercare di spostarti.»

Stavamo entrambi respirando affannosamente.

«Non sculacciarmi troppo forte. Non me lo merito.» Come era possibile che la mia voce fosse diventata così roca?

«Ti meriti ogni sculacciata che sto per darti su quel bel culo» ribatté. «E altre ancora. Considerati fortunata che io sia un padrone indulgente.»

Detto questo, abbassò la cinghia sulle natiche.

«Ahia.» sussultai. Era dura, feroce, come una fila di punture di api. «Fa male.»

«Sì.» Lo fece di nuovo.

Ballai da un piede all'altro. Non era così sexy come quando mi aveva schiaffeggiata con la mano. «Tarek, ho detto *ahi*.»

Mi colpì di nuovo, proprio nel punto in cui mi sedevo, e io spinsi forte per allontanarmi, ma il suo altro braccio, quello che non mi stava colpendo, era come l'acciaio. Mi teneva ferma. «Parliamo del motivo per cui lo sto facendo.» Colpì ancora, nello stesso punto.

Stare nuda mentre lui mi sculacciava mi provocava un'eccitazione incredibile, ma faceva più male di quanto mi aspettassi. «Ma fa più male dell'ultima volta!» Mi dimenai ancora, invano.

«È così che deve essere, perché il tuo comportamento» mi colpì di nuovo, «è peggiorato. Innanzitutto, quando saremo in addestramento formale, dovrai trattarmi con il rispetto dovuto a un ufficiale in comando. Non cercherai di prendere né pretenderai i risultati.»

Lasciò cadere la cinghia e usò la mano per sferrare una raffica di sculacciate su entrambe le natiche. «È chiaro?»

«Sì, mi dispiace! Non lo farò più.» Ma pensai all'espressione del suo viso quando gli ero rimasta appesa al braccio, scioccata e sorpresa – e compiaciuta – e arrabbiata allo stesso tempo, e mi resi conto che stavo mentendo. Perché, se fossi riuscita a ottenere quel tipo di reazione personale, lo avrei rifatto ancora e ancora.

«Hai anche portato un piccolo nella cupola senza permesso.» Continuò a colpire con la mano. Ne ero grata, anche se la sua mano era appena meno punitiva della cinghia. Forse era persino peggio... ma adoravo la sensazione del suo palmo sulla pelle, anche se mi faceva arrossare il culo a ogni breve contatto.

«Ma hai detto che andava bene.» Battei i piedi per il bruciore che cominciava a salire sul mio corpo.

«Dopo il fatto. È irrispettoso prendere questo tipo di decisione senza permesso, non solo nei miei confronti, ma nei confronti del capitano e di tutti gli altri tirocinanti. E potenzialmente pericoloso anche per il piccolo.»

Adesso sembrava serio. E provai una fitta di sincero rimorso. Aveva ragione. Una palestra non era un posto per un bambino, di solito.

«Potrebbero esserci attrezzature pericolose in giro. Avrebbe potuto farsi male. O danneggiare cose importanti. Le cupole non sono a prova di bambino, Zina. Lo sai.»

«Mi dispiace.»

«Ancora cinghia, siamo pronti per i quindici colpi.»

«Ma l'hai già fatto...»

«Adesso sono venti. Tranquilla.»

«Ma io...»

«Ventuno.»

Trattenni la mia replica. Per quanto sexy potesse essere in teoria, quando avanzava delle pretese, mi arrabbiavo e mi mettevo sulla difensiva.

Alzò il braccio. «Uno.»

La cinghia colpì forte. Gridai e mi dimenai.

«Smettila di opporre resistenza e alza il culo per il prossimo colpo. E di' *grazie*.»

«Non voglio.»

«Peccato.» La cinghia mi bruciò il culo ancora e ancora.

«Questi non contano finché non sento una risposta buona, Zina.»

«Grazie!» Gridai, mentre mi pulsava tutto il culo. Alzai i fianchi. «Ecco, l'ho fatto.»

«È stato così difficile?» ridacchiò. «Sarà difficile, però.»

Ora usò di nuovo la mano, sculacciandomi la parte superiore delle cosce.

Dopo un po' avevo smesso di contare e avevo perso la cognizione del tempo. Ero sudata e bisognosa e il culo mi stava uccidendo, ed ero così bagnata tra le gambe che probabilmente stavo gocciolando sul pavimento.

«Tarek, fermati» sussurrai.

«Hai imparato la lezione?» Mi sculacciò una volta, ma leggermente, quasi un colpetto, poi mi passò la mano sulla pelle sensibile.

«Sì» sussultai.

«Che lezione hai imparato?»

Dovevo dire *non metterò in dubbio la tua autorità. Non porterò il piccolo nella cupola senza previa autorizzazione.* Ma quello che mi era davvero venuto in mente era che lui mi voleva tanto quanto io volevo lui.

«Baciami» mormorai, e una frazione di secondo dopo mi prese tra le braccia e le sue labbra si piazzarono sulle mie, affamate. Esigenti. Divorandomi.

Gli avvolsi le braccia intorno al collo e lo baciai con tutta me stessa. Mordendogli il labbro una volta, poi più forte.

«*Kazo*» ringhiò, e si abbassò per stringermi il sedere dolorante. «Sì, mordimi forte, piccola umana.»

Lo morsi di nuovo e lui mi fece scorrere le unghie sul sedere, facendomi gemere, ma di piacere. Lo adoravo assolutamente. Il dolore si mescolava al crescente bisogno nella mia figa e faceva bruciare il mio desiderio così forte da farmi tremare.

«Ho bisogno di te» piagnucolai. «Per favore.» Il mio

respiro era affannoso e irregolare. Allargai ancora di più le cosce, come se lui non sapesse già dove lo volevo. Quello che volevo. «Tarek.»

«Mi obbedirai» mi sussurrò all'orecchio, il suo respiro caldo mi fece liquefare le viscere.

«Sì, ogni rotazione del pianeta, sempre.» Ero pronta a dire qualsiasi cosa pur di sentire il suo cazzo dentro di me.

«Rispetterai me e le regole della Cupola. Se non lo fai, otterrai delle cinghiate, più forti di quelle che ti ho dato in questa rotazione del pianeta. Pensi che fosse una punizione? Questo era appena un assaggio. Credimi, se volessi punirti davvero, lo sentiresti per diverse rotazioni di pianeta.»

Avrebbe dovuto essere terrificante, ma mi eccitò ancora di più. Immaginai di avere il sedere dolorante nel mio dormitorio, di sentire un caldo bruciore quando mi sedevo... e di pensare all'essere che me l'aveva provocato. Tarek. Ricordandomi di come mi faceva sentire averlo dentro di me. Stavo praticamente avendo un orgasmo solo all'idea.

«*Kazo*, i tuoi capezzoli sono diventati ancora più duri quando l'ho detto.» La sua voce era riverente, sorpresa. «Stelle, Zina, sei così bagnata che posso...» Imprecò, mi sembrò qualcosa in zandiano che non capii.

«In ginocchio» ordinò, con voce roca. «Vediamo quanto sei brava a prendere indicazioni. Voglio la tua graziosa boccuccia umana sul mio cazzo.»

Ero ansiosa di obbedire, perché lo volevo più di quanto avessi mai desiderato qualcosa. Mi misi in ginocchio e aspettai, con il respiro che si faceva veloce. Guardandolo attentamente.

Si slacciò i pantaloni e li calciò via, e il cazzo enorme mi fece spalancare gli occhi. Doveva avere il cazzo più grosso di tutta Zandia. L'avevo già sentito e visto prima, ma ogni volta mi sorprendeva di nuovo.

«Apri la bocca.» Si sedette e allargò le cosce. «E tieni le gambe larghe. Non voglio che tu venga troppo presto.»

Gemetti irritata, perché speravo di avere un primo orgasmo mentre lo succhiavo. «Sì, padrone», mormorai.

«Non puoi venire finché non te lo dico io. Se non lo fai come voglio, non ti lascerò venire per niente questa volta.»

Questa volta. Ciò implicava una prossima volta. E quel concetto, insieme alla mia eccitazione, mi fece volare la mente in una sorta di dimensione sessuale sovralimentata.

«Sì, padrone» ripetei, e feci un passo avanti. «Posso?» Abbassai la testa.

«Sì, puoi. E puoi prendermi fino in fondo alla gola. E puoi succhiare forte mentre ti scendo in fondo alla gola, Zina.»

Afferrai le sue cosce potenti e mi aprii più che potevo per prenderlo in bocca. Nonostante quello che aveva detto, era così grosso che riuscivo a malapena a metterlo in bocca, e probabilmente non era possibile portarmi la sua lunghezza in gola. Feci uno sforzo coraggioso, però, e lui mi afferrò i capelli e mi tirò la testa, aggiustandola come preferiva.

Era bravo in questo, però: sapeva quando tirarsi indietro per permettermi di respirare e, dopo qualche minuto, mi rilassai nel ritmo. Era incredibilmente erotico sentirlo gemere di piacere e sentire il suo cazzo contrarsi sotto la mia lingua. Giocai con la sua pelle, feci scorrere le labbra e la lingua avanti e indietro. Imparare i suoi gusti, la sua forma, le sue risposte.

Dopo non molto, però, si allontanò. «Se non ti scopo presto, ti vengo in bocca.»

«Non mi dispiace...»

«A me sì. È la tua figa che voglio. Mettiti a carponi e alza quel culo rosso in aria. Voglio prenderti da dietro. Sentire le mie palle che schiaffeggiano la tua pelle tenera.»

Emisi dei versi incoerenti e feci come mi aveva ordinato,

allargando le gambe. Morivo dalla voglia del suo tocco, così bisognosa che pensavo che sarei esplosa al primo contatto.

Ero così bagnata che lui si infilò facilmente, nonostante fosse così grosso. La mia figa si allargò per accoglierne la circonferenza e i miei muscoli si contrassero, e poi lui si mosse. Spinse.

Il suo lungo cazzo premette nei punti giusti e lui si allungò per stringermi il capezzolo mentre pompava. «Gambe più larghe, altrimenti prendo quella cinghia» mormorò.

Il pensiero di provare altre cinghiate sul mio tenero culetto mi fece gridare di desiderio. Aprii ulteriormente le gambe. «Lasciami venire» lo implorai.

«Presto.» Mi diede uno schiaffo sul culo. «Ti dirò io quando.»

Solo pochi secondi dopo, però, mi afferrò i fianchi. «Quando sei pronta» sussurrò e iniziò un ritmo impegnativo, ruvido e perfetto.

Mi tenni e mi spinsi verso di lui, e la sensazione crebbe nella mia figa finché non scoppiò in un'esplosione di sensazioni così potente che urlai il suo nome, più forte che potevo, senza preoccuparmi che qualcuno potesse sentire.

Ruggì di piacere e crollò su di me per un secondo prima di girarsi e trascinarmi tra le sue braccia, e restammo lì insieme, ansimanti, sudati. Ero euforica. Il dolore residuo della sculacciata e il bagliore dell'orgasmo fecero vibrare tutto il mio corpo con la più incredibile sensazione di appagamento e perfezione. Avrei potuto trascorrere l'eternità qui tra le sue braccia, in questo momento.

«A volte giuro che mi sembra che mi guardi» gli dissi, sperando che non si offendesse.

«Ho imparato a girare lo sguardo nella direzione della persona che sta parlando. I miei sensori sono nella stessa posizione per aiutarmi a orientarmi come se gli occhi funzionassero.»

«Cosa ti dicono i tuoi sensori adesso?»

Mi sfiorò la guancia con il pollice. «La temperatura della tua pelle è più alta del normale per un essere umano, il che indica un rossore.» Sorrise. «Stai arrossendo per me, piccola umana?»

Sorrisi. «Riesci a vedermi sorridere, Tarek?» chiesi dolcemente.

Fece scorrere leggermente le dita sulle mie labbra. «I miei sensori lo segnalano. Non è la stessa cosa che vedere, ovviamente. Mi piacerebbe sapere che aspetto hai realmente.» Mi fece scorrere la punta delle dita sullo zigomo, mi toccò le orecchie. «Che orecchie piccole» mormorò. «Non posso dire dettagli come il colore. Sorrisi. Facce. Oh, posso dirti la lunghezza d'onda della luce emanata da un oggetto, se i miei sensori funzionano correttamente. Posso discernere se le labbra di un essere sono alzate o abbassate, se mi concentro e uso il mio kit di analisi. Ma in realtà non ho mai visto il volto di qualcuno a cui tengo. Il colore del cielo.»

Gli toccai il viso, solo perché volevo sapere cosa voleva dire "vedere" con le dita invece che con gli occhi. All'inizio si irrigidì, ma poi si rilassò sotto il mio tocco, con un piccolo sorriso che gli aleggiava sulle labbra.

Finì troppo presto. Il dispositivo di comunicazione emise un segnale acustico ripetitivo; liberò il braccio e lo guardò. Mi spinse via dolcemente e si sedette. «Vestiti. Ho una sorpresa per te.»

Annuii e mi sedetti, un po' stordita. Aspettai qualche minuto affinché il mio corpo si adattasse alla realtà, poi trovai le mutandine e il vestito.

«Se vuoi darti una pulita…» Indicò la porta laterale dove si trovano il wc e la postazione per il lavaggio.

In realtà mi sarebbe piaciuto sfoggiare il suo arcobaleno per tutta la rotazione del pianeta, ma sarebbe stato socialmente inappropriato. Gli esseri umani, non importava quanto sessualmente sazi, non andavano in giro con macchie zandiane sulle gambe. Inoltre, avevo sentito dire che gli zandiani avevano i sensi acuti. Gli altri avrebbero potuto riconoscerne l'odore.

Dopo essermi rinfrescata, tornai fuori e vidi che Tarek aveva ripulito tutte le prove del nostro incontro ed era vestito in modo professionale.

Sbattei le palpebre forte. C'era odore di sesso qui? Tarek aveva aperto i lucernari, quindi soffiava una brezza fresca.

CAPITOLO UNDICI

Tarek

Presi la piccola mano di Zina nella mia, improvvisamente nervoso. Non avevo paura che non le piacesse la mia sorpresa, ma delle emozioni che avrebbe potuto suscitare.

«Vieni.» La condussi fuori e chiusi a chiave la cupola di addestramento.

«Dove stiamo andando?»

«Alla sontuosa cupola.» Rallentai il passo quando mi resi conto che non riusciva a starmi dietro, la sua zoppia diventava sempre più pronunciata. Ero tentato di prenderla semplicemente in braccio e portarla io, ma temevo che avrebbe attirato troppa attenzione.

Inoltre, era la mia apprendista, non la mia compagna.

Non potevo accoppiarmi.

Il viaggio, una breve passeggiata, durò il doppio del solito al ritmo di Zina, e lei mi sorprese non facendo una sola domanda.

Avevo la sensazione che sapesse, o sperasse di sapere, dove stavamo andando, ma avesse paura di chiedere per non deludere le sue speranze. O forse era semplicemente il tipo di essere a cui piacevano le sorprese.

Io non lo ero.

Non sopportavo le sorprese, *kazo*.

Raggiungemmo la sontuosa cupola e dissi alla guardia che eravamo lì per vedere Bayla.

Zina riprese fiato e alzò lo sguardo verso il mio viso. Le strinsi la mano. La guardia ci condusse in un comodo salotto e ci disse di aspettare.

«Tarek, hai... siamo...» Era come se avesse paura di chiedere.

«Sì, piccola umana. Avevo preso un appuntamento con il dottor Daneth e avevo sfruttato il mio tempo nel suo ufficio per chiedergli una visita con Enya. Ma è venuto fuori che la stavano già pianificando. La bambina non si sta adattando bene e le manchi terribilmente.»

«Oh!» Zina si coprì la bocca con la mano. Poi mi gettò le braccia al collo. «Grazie, Tarek» sussurrò accanto al mio orecchio, poi piazzò una dozzina di baci lungo la mia guancia e la tempia.

La strinsi tra le braccia, facendo attenzione a non stringere troppo forte il mio delicato essere umano.

Speravo solo che questo incontro non causasse più dolore a tutti.

Zina

«Enya!» Tutto il mio corpo era pervaso di gioia. La presi tra le braccia e la abbracciai più forte che potevo. «Oh, Madre Terra. Mi sei mancata. Stai bene? Come stai? Stai bene?» La afferrai, la lasciai andare, le presi il viso tra le mani. Le baciai i capelli corti. Esaminai il suo bel vestito. «Sei così bella, tesoro. Stai bene?» Non riuscivo a smettere di dirlo. Non riuscivo a smettere di abbracciarla.

Piangemmo e ridemmo entrambe allo stesso tempo. «Guarda!» Alzai la mano tremante. «Sto tremando!»

«Anche io!» Singhiozzò e mi afferrò di nuovo. «Zina, ti volevo così tanto. Devo dirti tutto.»

Aveva un odore diverso e, dopo un secondo, mi resi conto che mancava qualcosa, non era qualcosa di nuovo. Mancava l'aroma acre del sudore, la fredda rugiada carica di adrenalina che sempre scoppiava sulla nostra pelle sul pianeta.

Era un buon cambiamento. Anche il suo viso era più chiaro. Più leggero.

«Stai bene.» La scrutai attentamente in viso.

«Anche tu.» Mi studiò. «Sembri contenta.»

«Penso di esserlo.» Fu una sorpresa, soprattutto considerato che mi era mancata così tanto, ma era vero. «Lo sei anche tu?»

Strinse le labbra, guardò di lato e si irrigidì. Guardò l'adorabile giovane donna in bilico sulla soglia, con le mani intrecciate.

Sbattei le palpebre e feci un passo indietro. «Mi piacerebbe incontrare tua madre.»

«Va bene.» Mi prese la mano, quasi con aria di sfida. «Dai.» Raddrizzò le spalle e alzò la mascella. «Si chiama Bayla.»

«Lo so.»

Sapevo molto di lei. Avevo estorto la storia della sua vita a Mirelle, Abbi e Kara.

Mi aspettavo di provare rabbia nei confronti di Bayla per avermi tenuta lontana da Enya, ma nell'istante in cui vidi il suo viso, tutto quello che sentii fu simpatia e il desiderio di aiutarla. La sua espressione era così piena di speranza, amore e tristezza... emozioni che riconoscevo a un livello fonda-mentale.

Istintivamente la abbracciai e, anche se all'inizio era sorpresa, lo capii dal modo in cui se ne stava rigida, poi si ammorbidì e ricambiò l'abbraccio. A quel punto stavamo piangendo entrambe.

«Grazie per aver cresciuto e protetto la mia bambina», disse tra le lacrime. «Mi dispiace di non averti permesso di vederla.» Alzò la mano, come se non sapesse cosa dire.

«Va tutto bene» le dissi. E all'improvviso, per la prima volta, era così. «Lo capisco.» Guardai Enya.

«Non stavo cercando di farti del male.» Mi toccò il braccio, il tono supplichevole.

«Lo so. È una ragazza straordinaria. Fortissima. Tanto coraggiosa. Ti ha raccontato della nostra fuga? Lei è l'unica ragione per cui sono qui.» Presi la mano di Enya. «Anche lei ha salvato la mia vita.»

Enya sorrise, orgogliosa. Timida. Era chiaro che volesse impressionare sua madre.

«L'hai raccontato a tua madre?» Le toccai la spalla.

Enya scosse la testa. «Ehm, no. Non abbiamo parlato molto.» Alzò gli occhi verso sua madre. Si sentiva in colpa per qualcosa? Aveva la sua faccia da "Ho fatto un casino".

«Rimarrai davvero impressionata, Bayla. È forte.» La voce mi tremava, tanto per i ricordi del passato quanto per l'incertezza del futuro.

Enya guardò a terra e girò la punta del piede.

«Posso parlarti da sola per un minuto?» Bayla mi toccò il braccio.

«Sì, Enya, se non ti dispiace?»

La ragazza annuì.

Bayla mi portò a qualche metro di distanza e abbassò la voce. «Voglio spiegarti. Quando è tornata, era tutto ciò che volevo. E ti ero grata per essere stata sua madre in mia assenza. Ma ero anche arrabbiata e gelosa, perché mi avevi sostituita.»

Anche mentre parlava, fissandomi negli occhi, continuava a distogliere lo sguardo per controllare come stava Enya. La ragazza stava tracciando un disegno sul terreno con la scarpa, ma ero abbastanza sicura che stesse ascoltando attentamente mentre parlavamo. Conoscevo le sue abitudini e questa era una di quelle. Era un'ascoltatrice esperta. Poteva sempre avvicinarsi furtivamente a gruppi di umani od ocreziani, senza dare nell'occhio, e ascoltare tutti i tipi di pettegolezzi e informazioni. Ma non mi interessava. Almeno questa volta poteva sentire le persone parlare di quanto la amavano.

Afferrai la mano di Bayla. «Te lo garantisco, ha pensato a te ad ogni rotazione del pianeta. Era il suo sogno stare di nuovo con te.»

Gli occhi di Bayla si riempirono di lacrime. «È più difficile di quanto pensassi.»

Inspirai. «Ero molto arrabbiata con te. Ma ora non lo sono più.»

«No?» Mi scrutò.

«Sono stata una schiava per così tanto tempo e una custode. Ora ho la libertà di scegliere ciò che voglio. E non so cosa voglio. Prendermi cura di Enya e degli altri piccoli non è stato facile, ma era una certezza.» Inspirai. «Mi è mancata ed ero arrabbiata perché mi hai tenuta lontana. Ma parte della mia rabbia era... perché avevo paura. Del mio futuro. Delle decisioni che devo prendere da sola, come essere indipendente.»

Annuì. «Lo so.»

«Non ho mai conosciuto mia madre.» La mia voce era bassa. «Ma spero che mi abbia amata tanto quanto tu ami Enya.»

«So che è così.» Bayla mi toccò il viso. «Ogni madre ama i suoi piccoli.»

«Non ho mai avuto nemmeno una sorella.» Esitai. «Forse qui, Enya potrebbe essere come mia sorella.» Mi irrigidii un po', aspettando la sua risposta.

«Mi piacerebbe.» La voce di Bayla tremava.

«Anche a me.» Enya, che era al mio fianco adesso, si appoggiò a me.

Non ci aveva concesso privacy, ovviamente. Aveva sentito tutto. Lo sapevo!

«Le sorelle potrebbero fare cose divertenti insieme.» La sua voce era speranzosa. «Forse potrebbero non dover mai fare esercizi in un campo e tagliarsi i capelli con una pietra.» Sorrise un po'. «Ad esempio, forse potremmo semplicemente andare a vedere il fiume o i cristalli senza dover parlare di come evitare gli ocreziani.» Le tremava la voce nonostante il sorriso, come se avesse paura persino di chiederle queste cose. «Forse potremmo semplicemente... esistere.»

Mi si spezzò il cuore. «Oh, tesoro, sarebbe perfetto. Sì.»

Mi prese la mano e la esaminò. «Guarda, i tagli sono guariti. Anche i miei.» Si asciugò gli occhi. «Forse ora che viviamo qui rimarranno così.» Alzò le dita davanti al viso.

Risi. «Forse decoreremo le nostre unghie con quella polvere di stelle lucente che sembra essere così popolare qui.»

In qualche modo, ora eravamo tutte rilassate. Era come se nel momento in cui ci eravamo trovate tutte e tre fianco a fianco, i pezzi del puzzle si fossero girati e incastrati al loro posto, nel posto giusto. Ero la mamma sostitutiva e avevo fatto del mio meglio. Ora che Enya era con la sua vera madre, tutte e tre eravamo libere di essere ciò che dovevamo essere.

«Va bene allora.» Bayla allungò le braccia ed Enya esitò, poi si rannicchiò nel mezzo. Dopo un secondo, mi fece un cenno, quindi mi unii all'abbraccio e condividemmo un abbraccio a tre.

«Quindi forse...» Ricordai il bar dove mangiavano gli

umani. «Possiamo provare tutte e tre quella cosa della fetta d'arancia domani? Dopo che voi due avete parlato?»

«Va bene.» Enya mi sorrise. «Allora ti dirò tutto.» Si girò verso sua madre, con voce improvvisamente timida. «Ma voglio dirti quello che ha detto Zina. Come siamo scappate. È stato davvero fantastico.»

«Voglio sapere tutto.» Il viso di Bayla era così pieno di amore e felicità che mi venne quasi da piangere.

Mentre io e Tarek ci preparavamo ad andare e loro due si allontanavano, non provai alcun senso di gelosia. Per la prima volta da quando ero arrivata su questo pianeta, ero in pace con quella che ero arrivata a pensare come la "situazione Enya".

CAPITOLO DODICI

Tarek

«Arr!» Grugnii e ansimai, costringendomi a finire la decima serie di cento flessioni con un braccio solo. «Fatto.»

Mi accasciai sul tappetino e ansimai, lasciando che il sudore mi entrasse negli occhi mentre i miei muscoli tremavano per le scosse di assestamento. Questa cupola di addestramento per navigatori era la mia casa, e mi sentivo più in pace qui che nel mio domicilio formale, un dormitorio austero adatto solo per dormire e vestirmi.

«Ti impegni più duramente di qualsiasi guerriero.»

Il capitano Drayk era entrato nella cupola. Percepii la sua forma tridimensionale avvicinarsi e sentii i suoi passi.

«Un corpo forte aiuta con una mente forte.» Balzai in piedi e mi asciugai la fronte con un panno assorbente. «Mi mantiene concentrato.»

«A questo proposito, abbiamo una missione fondamentale, se ci dai l'approvazione.»

«Oh?» Mi girai verso di lui in segno di rispetto, anche se

lo sentivo perfettamente. «Da quando sono io il fattore decisivo?»

«Il team di costruzione ha completato lo SpySAT1 e vogliamo inserirlo nel settore Alpha9.»

«*Kazo*, lo Spysat è pronto?» Gettai il panno sul tappetino e feci un passo avanti. «È incredibile. Sarebbe un punto di svolta. Ci permetterebbe di ottenere le comunicazioni segrete degli ocreziani.» Il battito mi accelerò per l'eccitazione.

Annuì. «Il nostro team ha perfezionato la tecnologia di occultamento, ma funzionerà solo se riusciremo a posizionarla abbastanza vicino allo spazio aereo di Ocrezia, vicino al loro pianeta capitale Ock7. Sarà un viaggio rischioso.»

Annuii, calcolando mentalmente. «Anche solo entrare nel loro spazio aereo sarà difficile ora che hanno perfezionato i loro droni antioccultamento. Ho sentito che i midraioani hanno perso due delle migliori astronavi anche se il loro occultamento è buono quanto il nostro.»

«È pericoloso. Ho bisogno che tu pianifichi il nostro punto di inserimento e come arrivarci. Se riusciamo ad arrivarci senza mettere a rischio la navicella.»

Chiusi gli occhi per concentrarmi. Vedente o no, c'era qualcosa nelle palpebre chiuse che mi permetteva di chiudermi in me stesso. «Dammi qualche ora e ti darò la mia onesta valutazione.» Mi collegai al mio display elettronico e iniziai a eseguire simulazioni nel mio cervello.

«Perfetto. Fammi sapere.» Si girò.

Lo sentii allontanarsi, ma smisi di seguire i suoi movimenti, poiché ero già completamente immerso nella mia mente. I numeri giravano e cadevano, manipolati dai miei neuroni. Questo era il mio dominio, dove ero maestro e creatore, un luogo dove la mia cecità non aveva importanza. Anche la mia confusione riguardo a Zina scomparve.

* * *

«Sai, mi piacerebbe davvero avere la possibilità di provare alcune tecniche di navigazione su una vera navicella.»

«Se ti lasciassi avvicinare a una vera navicella, potresti distruggerla» sbuffò Tarek. Questa rotazione del pianeta aveva un odore che sapeva di pepato e in parte di cannella. Non sapevo se era il suo profumo normale, ma mi piaceva.

Mi avvicinai e sentii il calore del suo corpo. Immediatamente iniziarono i formicolii.

«Ma ricorda, l'ultima volta sono migliorata di ventisette punti» gli ricordai.

«Ma ricorda» mi imitò, «hai iniziato da un livello basso senza precedenti. Quindi... anche se l'aumento è lodevole, è un cambiamento troppo incrementale per darti la possibilità di fare un test su una navicella.»

«Che ne dici del simulatore di addestramento? So che ne hai uno.»

Faceva caldo in questa rotazione del pianeta e il vento era secco e spietato. Insieme al sole cocente, avevo iniziato a sudare semplicemente camminando verso la cupola del navigatore. Mi asciugai la fronte e poi passai la mano sul mio abito trasparente.

«L'esistenza di un oggetto del genere non ti garantisce in alcun modo il libero accesso ad esso.» I suoi occhi studiarono il mio corpo. Riusciva a percepire l'umidità che avevo asciugato sul tessuto? L'altra umidità tra le mie cosce, la rugiada creata solo pensando a lui?

Sospirai e cercai di scacciare quei pensieri.

«Sei interessata alla simulazione? Forse dovresti simulare un tirocinante ideale. Inizieremo da lì.»

In questa rotazione del pianeta stava andando alla grande con l'umorismo freddo. Avrei quasi pensato di conversare con un'amica umana, se non fosse che lui torreggiava su di me, tutto muscoli, pelle viola e quelle antenne allettanti. E, naturalmente, non volevo che le mie amiche umane mi buttassero sul tappetino da allenamento e mi scopassero fino a farmi impazzire. Magari sculacciandomi un po' per sicurezza.

Mi toccai la guancia. «Non stavo insinuando che merito un'attenzione speciale.» Ne volevo un po', però. «Cosa facciamo in questa rotazione del pianeta?»

Non volevo dare per scontato che ci fosse del piacere nel menu, tranne per il fatto che era successo entrambe le volte che ci eravamo incontrati. Il cuore mi batteva forte per la tensione tra di noi. Per l'aspettativa inespressa. «Ancora il programma?»

Esitò. Il cuore quasi mi si fermò. Sapevo di non essere brava in queste cose, proprio no, e molto presto avrebbe dovuto tagliarmi fuori. Lo sapevo io, lo sapeva lui, probabilmente lo sapeva ogni essere del pianeta. Ma non questa rotazione del pianeta, Madre Terra, pregai l'universo. *Dammi solo un'altra possibilità con lui.*

La fortuna doveva essere dalla mia parte, perché sospirò. «Ho ricevuto una cancellazione, quindi se vuoi davvero vedere il simulatore» inclinò la testa, come se stesse prendendo in considerazione una decisione importante, «posso mostrartelo.» Alzò una mano. «Se prometti di non toccare nulla. È chiaro?»

«Non toccherò nulla.»

Mirelle era stata così entusiasta nel dirmi di come funzionava bene e di come la faceva sentire come se fosse davvero nello spazio, che ero malinconica all'idea di vederlo di persona. Anche se non avevo competenze in quel settore.

«Allora seguimi.» Indicò dall'altra parte della cupola una porta con la scritta rossa: «Accesso autorizzato.»

Toccò il comunicatore e la porta si aprì, conducendo in un vasto spazio aperto, tutto scintillante di bianco e argento. Varie stazioni di costruzione punteggiavano l'area, come piccole oasi in un vasto deserto, macchine che sembravano high-tech, aerodinamiche e complesse oltre la mia comprensione.

Ripresi fiato. «Oh stelle.»

«È davvero straordinario, non è vero?» mi guardò, come per controllare la mia espressione.

Rallentò il passo per aspettarmi. «Chiederemo a Drayk e la squadra.» Corrugò la fronte. «Sembra che stiano facendo un tour. C'è il maestro Seke.»

«Oh.» Mi si capovolse lo stomaco. «Se non possiamo farlo, lo capisco.»

Fece una pausa. «Potrebbe essere meglio se lo facessimo un'altra volta. Oh, ci hanno visti. *Kazo.*» Borbottò qualcosa sottovoce. «Vieni. Dobbiamo salutare, per rispetto.»

Mi condusse dal gruppo e alzò la mano. «Maestro Seke, saluti. Credo che tu conosca Zina, la nuova femmina umana. Lei sta, ah...» disse la parte successiva un po' più velocemente, «sta facendo un test di navigazione.»

Deglutii a fatica e mi sforzai di incrociare lo sguardo del maestro Seke. L'unica altra volta in cui avevo interagito con lui era stato durante il colloquio per la mia candidatura, quando aveva approvato che rimanessi sul pianeta. Era di alto rango, uno dei migliori consiglieri di re Zander, ed ero un po' terrorizzata da lui.

«Zina, spero che tu ti stia acclimatando bene.» Il maestro Seke parlava con un tono profondo e potente. La sua espressione era piacevole, ma i suoi occhi erano acuti e mi stavano studiando. «Sono sorpreso che tu abbia scelto di studiare navigazione. Come è andato il test di posizionamento iniziale?»

Con lui c'erano altri cinque zandiani. Sembravano interessati. Uno si avvicinò e mi squadrò dall'alto in basso, quasi con nuovo rispetto.

«Ah.» Mi salì il panico. Non potevo dire al maestro Seke che il programma pensava che fossi più stupida di una roccia. E se avesse messo insieme me, la mia sterilità che non necessariamente sarebbe stata reversibile, la mia gamba malata e la mia evidente mancanza di attitudine tecnica, e avesse deciso che era stato un errore permettermi di restare? E se mi avesse mandata via? Di sicuro, come minimo mi avrebbe detto di portare via il mio *kazo* di culo da questa cupola di addestramento.

Ma con tutti gli occhi puntati su di me, mi bloccai. L'unica cosa che riuscii a fare fu emettere un verso strano e patetico. «Ewp.»

«Prego?» intervenne il maestro Seke. «Tarek prende solo il meglio.»

«Così ho sentito.» Oh, ecco la mia voce. Ero riuscita a dire qualcosa. A guardarlo. Mi schiarii la gola. «Beh, il mio punteggio...»

Grazie alle stelle ci fu del trambusto sul pavimento, una serie di segnali acustici veloci e un tono acuto.

«Scusate!» Un allampanato zandiano sporse la testa da dietro un'ala parzialmente assemblata. «Stiamo testando gli allarmi dei collegamenti per un aggiornamento.»

«È quello il nuovo simulatore?» L'attenzione di Seke venne catturata. «Avete apportato dei miglioramenti?»

«Sì...» Il tecnico si asciugò le mani su un panno e si avvicinò trotterellando. Chinò la testa. «Con il tuo permesso, mi piacerebbe mostrarteli.»

«Prego.» Il maestro Seke alzò la mano e il gruppo lo seguì.

Tarek e io ci unimmo a loro e scrutai la macchina in mostra.

«Se guardate cosa sto facendo...» Il tecnico toccò il lato della piccola bolla e il coperchio si aprì, senza rumore e senza intoppi. «Qui c'è una cabina di pilotaggio completamente attrezzata, completa di sedile di navigazione, schermi e carte nautiche. Tutto ciò che potreste trovare nella nostra più moderna astronave. Un tirocinante può sedersi qui ed eseguire i programmi di test, e sembrerà esattamente come lo spazio.»

«Degno di nota.» Seke si sporse. «Chi ha progettato le modalità di simulazione?»

«Sono stato io.» La voce di Tarek era piena di orgoglio. «Ho creato delle repliche del viaggio attraverso la fascia degli asteroidi Beltran-3 per testare l'uso dell'attrezzatura da parte di un navigatore, nonché i riflessi nel caso molto raro in cui tutti i nostri sistemi di backup falliscano.»

«Eccellente.» Seke gli sorrise.

Il comunicatore di Tarek emise un segnale acustico. «Scusami.» Si rivolse al maestro Seke. «È il mio comandante che ha una domanda di lavoro.»

«Prego.» Seke annuì e Tarek si allontanò, fuori portata d'orecchio, e parlò nelle cuffie. Lo guardai per qualche secondo finché non scomparve dietro un'altra attrezzatura, poi mi girai verso il gruppo, sentendomi un po' persa. Insicura di me stessa.

«Presto potreste allenarvi su questo.» Seke si rivolse al suo gruppo di zandiani, poi si rivolse a me. «E anche tu, visto che sei nel programma di navigazione.»

«Mmhmm.» Annuii, con la faccia in fiamme. «Grazie.»

«Può fare una prova adesso?» Seke si rivolse al tecnico. «Con la tua approvazione, ovviamente.»

«Uhm, io non...» feci un passo indietro.

«Mirelle è già stata qui una dozzina di volte con i suoi

tirocinanti. È a prova di proiettile, purché si conoscano i concetti base del volo.» Uscì dalla cabina di pilotaggio.

«Forse qualche altro essere è più adatto.» Soffocai le parole. Dov'era Tarek, per le stelle?

«Sei perfettamente adatta. Se ti sta addestrando Tarek, abbiamo la massima fiducia in te.» Il tecnico annuì in modo incoraggiante. «Basta venire qui e mostrare al maestro Seke quanto sia davvero eccellente il nostro programma di formazione umana.»

«Io...»

«Non vuoi deludere il maestro Seke» disse il tecnico, lanciando un'occhiata al guerriero esperto, con un'espressione di leggero disagio sul viso. I suoi occhi passarono dal comandante a me e viceversa.

«Assolutamente no. Non voglio farlo.» Inspirai un po' d'aria.

Dovevo dire loro qualcosa. Tipo, *No*. Come, *è un errore, non posso farlo. Non sono qualificata. Ho mal di stomaco! Ho bisogno di usare il bagno.* Nulla!

Ma invece, quando il tecnico mi chiamò e mi indicò, salii lentamente sulle scintillanti doghe d'argento e mi sedetti sul sedile che si adattò al mio corpo. Indossai le cuffie. Venne riprodotto un leggero segnale acustico e l'auricolare si illuminò. Gli schermi si animarono davanti a me e rimasi senza fiato. «È così reale» sussurrai a me stessa.

Avrei guardato semplicemente lo schermo. Poi mi sarei tolta le cuffie e avrei detto loro: *mi dispiace tanto, non posso farlo. Non sono pronta.*

Misi le mani sulle cuffie e dissi: «Sono così...»

«Avvia il programma uno.» La voce del tecnico era debole a causa dell'isolamento del rumore del dispositivo nelle mie orecchie, e poi sentii il rombo dei motori mentre la capsula prendeva vita.

«No, aspetta...» iniziai, ma lui o non mi sentì o mi ignorò.

«Programma avviato. Progresso di volo pronto. La navicella ronzò, emise un segnale acustico e tremò leggermente, come se fosse un vero velivolo in decollo.

Era esattamente quello che si provava durante la missione di salvataggio. Ero stupita e non riuscivo a credere che questo non fosse reale.

Ma quando la capsula pulsò e sentii un'improvvisa forza gravitazionale che mi spingeva indietro sul sedile, mi resi conto che era molto reale, in un modo improvviso e spiacevole.

«Sono il tuo capitano al comando.» La voce del tecnico mi arrivò chiara nelle cuffie. «Eseguirai la navigazione come se fossimo in una vera missione. *Vai.*»

Di fronte a me, gli asteroidi turbinarono e scomparvero nelle proprie orbite, alcuni circondati da gas cirrici, soffici e leggeri, altri occlusi da boschetti di cristalli di ghiaccio. Afferrai i braccioli del sedile. Ops, anche quelli erano pieni di controlli e pulsanti. Avevo premuto qualcosa?

La capsula tremò come se fosse stata colpita e noi barcollammo di lato.

«Oh, abbiamo preso un colpo da quell'asteroide antracite!» La voce del tecnico era in preda al panico. «Zina, ci hai già portati fuori dall'automatico? Sei…»

«No, non ho fatto niente!» Toccai lo schermo davanti a me. Dov'era il pulsante di spegnimento su questa cosa?

La capsula balzò dall'altra parte, ancora più forte, e girò su se stessa formando un cerchio pazzesco. «È come se li stesse *prendendo di mira*. Sei tu, Zina?»

«Non posso farlo.» Provai a fare qualcosa con i controlli, ma non avevo idea di cosa fare. Non c'entrava nulla con il programma di pratica che avevo fatto con Tarek, anche se non avevo padroneggiato neanche quello. Ma non avevo la minima idea di come funzionassero questi controlli.

Premetti un pulsante davanti a me.

La capsula stridette, metallo su metallo, qualcosa che girava da qualche parte nelle sue viscere, e il sedile mi bloccò in una morsa mentre la navicella surrogata fece poi un rollio completo. E un altro.

«Zina! Che *kazo*!» Il tecnico gridò e suonò un allarme. «Fermati. Zina interrompi subito!»

«Non so come!» Mi chinai per studiare il bracciolo. «Fallo tu per me!»

«Allarme. Breccia nello scafo imminente. Allarme. Virare. Virare.» Una voce automatica mi risuonò nelle cuffie.

«Zina, andiamo! Prova a collegarti.» Il tecnico sembrava piuttosto incazzato. Non lo capiva che non sapevo cosa diavolo fare?

«Ho bisogno di aiuto!» gridai, ma la mia voce fu sepolta dal rumore di una specie di esplosione.

Toccai freneticamente lo schermo e poi vidi uno strano pulsante rosso nella parte inferiore della mia console. Era sotto una piccola cupola di vetro e sopra c'era un segnale di pericolo. Assomigliava un po' ai segnali di "stop" che avevo visto nel campo di addestramento.

Beh, sembrava piuttosto pericoloso. E volevo fermarmi.

Alzai il coperchio, cercando di contenere la nausea, mentre la capsula rotolava di nuovo e premetti il pulsante.

Ci fu una pausa improvvisa e tornammo indietro, con lo stomaco che affondava praticamente nel bacino. Per un brillante secondo, pensai che fosse finita. La simulazione si era fermata.

Ma poi sentii un gemito feroce, come se una tempesta stesse strappando enormi tralicci di metallo dalla terra dura, e il sedile mi bloccò ancora più forte.

«Esecuzione della sequenza del pod di espulsione» annunciò la voce. «Lancio della capsula di supporto vitale di emergenza con occultamento parziale. Tre, due, uno.»

E poi mi si offuscò la vista mentre un guscio a forma di

uovo si chiudeva attorno al mio sedile e allo schermo, e il tutto precipitò fuori dalla capsula.

* * *

Tarek

STAVO PARLANDO con Drayk quando sentii il simulatore attivarsi. Qualcuno probabilmente stava facendo una dimostrazione per Seke. Bene. Speravo che fosse rimasto colpito dal mio software.

Ma poi i rumori cambiarono. Invece del leggero rombo del motore, sentii il suono inconfondibile che indica danni al velivolo. Che *kazo...* Ovviamente era una simulazione, quindi il velivolo non era effettivamente danneggiato. Ma la simulazione utilizzava suoni realistici per replicare l'esperienza completa. Ma chiunque stesse navigando doveva aver commesso un grave errore, perché...

«Devo andare.» Toccai il comunicatore e corsi, solo per vedere l'intera capsula girare in modo vertiginoso sul proprio asse come una ruota sul punto di volare via dal carretto di un bambino.

«Ignora il programma» gridai al tecnico. «Spegnilo subito.»

«Non posso, perché ha premuto il pulsante di espulsione. Non posso annullare.»

«Il pulsante di espulsione è attivato? Chi lo ha autorizzato?» *Lei? Chi diavolo c'era dentro quella capsula? Non poteva essere...*

Prima che io avessi la possibilità di realizzarlo, successe qualcosa di terribile. L'intera capsula di addestramento tremò e si agitò, poi la mini-capsula di fuga di emergenza si schiantò contro lo scafo e rotolò a terra accanto al nostro gruppo.

Mentre guardavamo, il coperchio si aprì.

E Zina uscì inciampando.

Tossì nell'acre fumo blu provocato dallo sfregamento di metallo contro metallo.

«Ciao» disse. Passò un istante. «Stavo solo dimostrando le mie abilità al maestro Seke» spiegò, e tossì di nuovo.

Nessun essere parlò. Probabilmente erano tutti ancora scioccati, come statue. C'era silenzio, a parte i tintinnii e gli scricchiolii del metallo contorto, e i suoni e i bip del programma. «Fallito. Fallito. Fallito. Fallito.»

Poi finalmente dissi qualcosa.

«Zina!» La presi tra le mie braccia, con il cuore che batteva forte. «Stai bene?»

Le toccai il viso, le braccia. Le passai le mani sulle spalle. «Sei ferita? Chiama un medico.» Mi rivolsi al guerriero più vicino. «Subito!»

Qualcuno toccò un dispositivo di comunicazione. «Sono in arrivo.»

«Sto bene.» disse Zina con un filo di voce. «Mi dispiace. Non sapevo cosa stessi facendo lì dentro. E avevo paura di dire loro che non sapevo come farlo, quindi mi sono seduta lì e tutto... è iniziato prima che avessi la possibilità di dire qualcosa.»

Il volto del maestro Seke era di pietra. Zina gli diede un'occhiata e tutto il suo contegno crollò.

«È stato terrificante.» La sua voce vacillò. «Mi dispiace. Avrei dovuto dire qualcosa.»

«Cosa diavolo ti ha spinta a entrare in quella cabina e a fingere di poterla navigare?» La schiacciai contro il mio corpo. «Se fosse successo qualcosa...» Non riuscivo nemmeno a contemplarlo.

«Beh, il tecnico ha detto che avrei dovuto, e non volevo

deludere» - lanciò un'occhiata a lui, poi ai rottami della simulazione, e sussultò - «il Maestro Seke.»

«Stelle, Zina.» Ero fuori di me. «Potresti avere lesioni interne.»

La presi tra le braccia. Sapevo che avrei dovuto passare un inferno con il maestro Seke per questo, ma non me ne fregava niente. Dovevo portare subito la mia femmina in infermeria per assicurarmi che non fosse ferita.

Il maestro Seke non aveva detto una parola. Era senza dubbio molto più che arrabbiato, ma aveva l'autocontrollo di un'intera galassia. Più tardi, ero sicuro che mi avrebbe detto esattamente cosa pensava di me... e del mio mal concepito addestramento di Zina.

Corsi dalla cupola all'infermeria vicino al palazzo. Chiaramente, potevo arrivare più velocemente di quanto non sarebbero arrivati i medici sul posto.

«Tarek, mi dispiace tanto» disse Zina con un filo di voce.

«Non una parola.» Sembrai burbero ma non ero arrabbiato con lei, ero frenetico, dovevo assicurarmi che non fosse ferita. Ed ero arrabbiato con me stesso per averla messa nella posizione in cui tutto questo era potuto accadere.

La portai nell'infermeria e la misi su un lettino. Il dottor Daneth in persona si avvicinò e chiese di sapere cosa era successo.

Glielo dissi mentre la collegava alle apparecchiature di monitoraggio e ad altri macchinari.

«Aspetta fuori» mi disse in tono tagliente.

Avrei voluto insistere per restare, ma era stupido. Non ero il suo compagno. Ero il suo comandante, e questa rotazione del pianeta sarebbe stata sicuramente l'ultima volta che avrei potuto dirlo. Con riluttanza, lasciai il laboratorio e chiusi la porta.

Naturalmente le cose non potevano che peggiorare.

«Tarek.» Il maestro Seke e alcuni guerrieri della cupola ci avevano seguito qui.

Il mio cuore affondò. «Sì maestro.» Lo seguii da parte.

Non addolcì la pillola. «Perché l'hai fatta addestrare come navigatore? È un pericolo per sé stessa e per gli altri. È stata una pessima decisione.»

Abbassai la testa. «Le ho fatto fare alcuni test e delle sessioni di formazione. Non era autorizzata in alcun modo a utilizzare quel simulatore. Non l'avevo autorizzato. Qualunque cosa sia accaduta qui è il risultato di un malinteso.»

«Questo è più di un *malinteso*.» La sua voce era tesa. «Si tratta di migliaia di ore di lavoro zandiano sprecate. Questo è un perfetto esempio di come non gestire una cupola di allenamento.»

La vergogna e l'imbarazzo che provavo erano secondi solo a quelli che provavo quando pensavo a mio padre. «Mi scuso per l'incidente e la perdita di risorse. Giuro sulla mia vita che non accadrà più.»

Non c'era modo di spiegarmi o di sistemare le cose. Ovviamente non avevo alcun controllo sulle parti tecniche della capsula. Non le creavo né mi occupavo della manutenzione: il software era la mia giurisdizione. Ma avevo portato qui Zina; lei era una mia responsabilità. Mi ero allontanato... giusto il tempo necessario perché lei potesse devastare completamente questo posto. Era la mia apprendista e l'avevo lasciata fuori dal mio controllo. Era colpa mia.

«Perché si sta addestrando?» La sua voce era tagliente.

«Io... non ho un motivo valido» ammisi. La mia faccia era accaldata come non lo era mai stata. «Mi sono lasciato distrarre dalla sua compagnia. Non è una persona tecnicamente adatta. La escluderò immediatamente dal programma di addestramento.»

«È un po' tardi per quello.» Il tono era ironico.

«Faremo una valutazione dei danni.» Sussultai. «Sono colpevole di aver addestrato un soggetto inappropriato. Abbiamo anche chiaramente bisogno di controlli ed equilibri migliori per chiunque tenti di entrare nella capsula. Migliori autorizzazioni.»

«Chiaramente.» Il maestro Seke sospirò. «Una stima di quanto tempo ci vorrà per risolvere questo problema?»

Il tecnico si era avvicinato. «In un ciclo lunare, più o meno. Ma devo dire che la capsula di salvataggio ha funzionato in modo fenomenale.» Era pieno di energia e i suoi occhi brillavano per l'eccitazione. «Non avrei mai pensato che l'avremmo usato così presto, ma è perfetto. Non avrei potuto progettarlo meglio.»

Il maestro Seke strinse gli occhi. «E immagino che tu sia responsabile di aver lasciato la capsula di espulsione di salvataggio attivata?»

«Beh», il suo viso sembrava accaldato quanto il mio, «avevo intenzione di provarlo, più tardi, sai. Con il permesso. Una volta che avessi ottenuto più capsule attive e funzionanti. Con un navigatore esperto. Ma sì.» Si schiarì la gola. «L'ho attivato. Quando non avrei dovuto attivarlo. O addirittura metterlo in piedi. Ehm.»

Vacillò mentre guardava l'espressione del maestro Seke. Chiaramente, non ero l'unico a sentirsi in colpa.

«Programma l'incontro di valutazione. Voglio che voi due siate presenti, così come il capitano Drayk. Scopriremo come risolvere questo problema.» Il maestro Seke scosse la testa, poi indicò la porta chiusa. «Qualche notizia su Zina?»

Il mio stomaco, già teso, si strinse. «Non ancora» dissi concisamente. Non mi piaceva il fatto che ci volesse del tempo.

«Fammi sapere» disse il Maestro Seke e se ne andò con il tecnico.

Dopo quella che sembrò un'eternità, il dottor Daneth aprì

la porta e mi invitò ad entrare. «È illesa. I livelli di ansia erano alti, ma non ci sono fratture, lividi o alterazioni degli organi interni.»

«È fantastico.» In qualche modo, però, avevo la sensazione che ci fosse qualcosa di più. Forse perché i miei sensori segnalavano che mi stava fissando con gli occhi socchiusi, come se mi stesse studiando.

«Tuttavia, è incinta. Sai chi potrebbe essersi accoppiato con questa umana senza dispensa o permesso?»

Zina si mise a sedere. «C-cosa?»

Sentii gelare il sangue.

«Non è possibile» riuscii a dire con le labbra intorpidite. «È sterile.»

«Ho rimosso il dispositivo di sterilità la settimana scorsa. Sei tu il responsabile?»

«Io... sì» riuscii a dire. «Ma...»

«A quanto pare il suo sistema riproduttivo era abbastanza forte da non richiedere tempi di recupero, anche se gli ormoni contenuti nel dispositivo potevano essere pericolosi per il bambino. Dovrò controllare quotidianamente i livelli ormonali per essere sicuro che la gravidanza progredisca e che l'embrione rimanga sano.»

Pericoloso per il bambino.

I ricordi di mio padre che mi rimproverava per aver causato la morte di mia madre riaffiorarono. Inciampai indietreggiando.

No.

Non poteva essere successo. Non avrei dovuto generare nessun piccolo. Mai. La mia condizione poteva essere trasmessa. Zina poteva morire a causa della gravidanza. I miei piccoli potevano nascere ciechi, come me.

Una rabbia oscura, che covavo fin dall'infanzia, esplose dentro di me.

Mi girai verso Zina. «Perché non mi hai detto che il dispositivo era stato rimosso?» esplosi.

«Adesso basta» scattò il dottor Daneth dall'altra parte del laboratorio. Era il mio superiore, un consigliere reale, ma non mi interessava.

«Perché non l'hai fatto? Volevi ingannarmi?»

Sentii l'odore delle sue lacrime prima che i miei sensori notassero la lacrimazione. Le sue labbra tremavano. «Certo che no» sussurrò. «Io... io non sapevo...»

Tutto quello che sentivo era il battito del mio cuore. La schiacciante oscurità di nascere difettosi. La rabbia contro l'ingiustizia di tutto ciò.

Mi girai ed uscii dalla stanza.

Come da dietro una cascata, la voce di Zina raggiunse le mie orecchie, mentre diceva il mio nome, ma io andai avanti, sbattendo contro i muri, troppo chiuso per seguire la guida dei miei sensori. Troppo perso anche solo per sapere dove stavo correndo o da cosa stavo cercando di scappare.

Spazio.

Dovevo salire sulla mia navicella e lasciare questo pianeta.

Allontanarmi dall'incredibile dolore provocato da chi ero e dalla distruzione che avevo causato.

CAPITOLO TREDICI

Z^{*ina*}

*Z*ina
Ci vollero quattro rotazioni del pianeta prima che il dolore si trasformasse in rabbia, ma quando successe, divenne forte.

Abbastanza forte da farmi uscire dal mio dormitorio e portarmi alla luce del sole. Abbastanza forte da nutrire il mio bambino non ancora nato, nonostante la nausea che mi faceva vomitare tra ogni pasto.

Abbastanza forte da trovare Abbi e dirle che avevo capito cosa volevo fare su Zandia.

Entrai nella sala comune dove lei era seduta e restai in piedi con le mani sui fianchi. «Mi piacerebbe gestire un asilo nido. Per le donne umane che hanno bisogno di una pausa o desiderano lavorare part-time o full-time.»

Abbi mi fissò sorpresa. «Ti senti meglio?»

Evitai la domanda con un semplice gesto della mano. «Pensi che me lo permetterebbero?»

Allungò le gambe dal sedile volante su cui era seduta e si alzò. «Sì, sono sicura che lo adorerebbero. Ci sono diverse donne anziane e non riproduttrici che lavorano come tate nel palazzo.»

Sussultai un po' al termine non-riproduttrici. «Immagino di essere considerata riproduttrice adesso, eh?» Avrei dovuto esserne felice. Era quello che avevo sempre desiderato, ma sapevo che non sarebbe mai stato possibile. Anche se non fossi stata sterilizzata, le schiave non potevano tenere i loro piccoli. Il mio sogno di avere un figlio da crescere non si sarebbe mai avverato.

Ora sembrava di sì.

Eppure, il dolore al petto non se ne andava.

Le parole taglienti di Tarek, la sua rabbia per la mia gravidanza continuavano a fare a pezzi il mio cuore. Era scomparso dopo aver appreso la notizia. Avevo sentito dire che aveva anticipato i tempi di una missione che era in fase di pianificazione, quindi non era nemmeno su Zandia. E nessun essere poteva dirmi quando sarebbe tornato.

Non che lo stessi chiedendo.

Molto.

Ma non importava. Non avevo bisogno che volesse questo bambino, e comunque non meritava di far parte della sua vita.

E non mi importava se il mio prezioso cucciolo fosse nato cieco, o con una gamba sola, o con le antenne nel posto sbagliato. Sarebbe stato il mio piccolo. Il mio bambino da tenere in braccio e da crescere.

Abbi mi guardò con simpatia. «Non sei una riproduttrice. Sei rimasta incinta divertendoti con un bellissimo guerriero. Giusto?»

Trattenni il respiro e annuii. «Sì. Sembra molto meglio di mera riproduzione. Grazie.»

«Ci sono altri guerrieri zandiani là fuori che probabilmente sarebbero felici di rivendicare una femmina come compagna, anche se il bambino che porta in grembo non è il loro.»

Scossi la testa. «Non voglio un altro guerriero. Posso farlo da sola. Voglio dire, se ciò è consentito.»

Abbi alzò le spalle. «Tutto passa attraverso re Zander. Ma è un leader benevolo e ascolta la sua compagna umana. Devi solo sapere cosa vuoi fare e poi presentare una richiesta perché la approvi. Potrebbero esserci delle clausole, come ad esempio che uno zandiano dovrà governarti per assicurarsi che tu e il piccolo vi adattiate alla società zandiana.»

Mi si contorse lo stomaco. Non volevo che nessun altro mi governasse tranne Tarek. Ma no, aveva perso la sua occasione.

«Potrebbe ordinare a te e Tarek di accoppiarvi. Dovresti essere preparata a questa possibilità. Se non vuoi prendere in considerazione la cosa, sii chiara sul perché no.»

«Tarek non la vuole» dissi con amarezza. «E nemmeno io» aggiunsi.

Abbi si avvicinò e mi toccò il braccio. «Magari dagli tempo prima di prendere qualsiasi decisione. Tarek è rimasto sciocato dalla notizia. E comprensibilmente ha paura che il bambino diventi cieco, come lui. Ma ciò non significa che non si abituerà all'idea e di poter diventare un compagno e un padre meraviglioso.»

Mi pizzicarono gli occhi perché desideravo così tanto quello scenario. Ma il mio cuore non poteva sopportare di essere calpestato di nuovo. E Tarek non aveva fatto altro che abbandonarmi.

Scossi la testa. «Ha avuto la sua occasione. Preferirei che re Zander mi assegnasse a uno o più maschi piuttosto che rischiare di nuovo un crepacuore.»

Era una bugia. Lo capii nel momento stesso in cui lo dissi, ma Abbi annuì. «Ti metto in lista per la prossima visita reale.»

Cercai di assopire il dolore che provavo al cuore. Per il bene del mio bambino, era il momento di essere forte.

* * *

TAREK

ERO stato insensibile per tutte le rotazioni dei pianeti. Mi sentivo come in apnea. O in un'atmosfera dove la gravità era molto più potente di quella di Zandia. Ogni movimento richiedeva sforzo. Ogni parola era difficile da formulare.

Grazie *kazo*. Dovevo prendere un po' di spazio da Zina. Del tempo per pensare.

Solo che non riuscivo a farlo. Riuscivo a malapena a funzionare.

E il resto della squadra faceva affidamento sulle mie capacità di navigazione potenziate per farci attraversare gli strazianti campi di detriti spaziali in modo da poter posizionare i nostri dispositivi di monitoraggio.

Il rumore nella parte posteriore della mia testa, quell'oscurità ruggente che avevo cercato di mettere via, di nascondere per poter lavorare, rendeva il pensiero impossibile.

«Sei pronto per entrare nel campo di detriti, Tarek?» mi chiese Benn. Stavamo fluttuando fuori dalla pericolosa zona di interdizione al volo da tutta la rotazione del pianeta, in attesa di un'apertura. Ma quell'apertura non sarebbe arrivata. Più detriti spaziali si accumulavano, più denso era diventato l'impedimento. Ecco perché era il posto perfetto dove depositare i nostri monitor-spia.

In questo modo, se mai ci fosse stato un attacco da parte degli ocreziani a Zandia – e con le relazioni diplomatiche che diventavano sempre più difficili, sembrava sempre più probabile – allora lo avremmo saputo in tempo.

Inspirai profondamente attraverso le narici ed espirai. Il mio re e la mia specie contavano su di me. «Entriamo» dissi.

«Sei sicuro?» chiese Benn. «Sarebbe meglio rinunciare piuttosto che rischiare di essere uccisi o catturati. Questa non è una missione critica.»

Benn e il suo migliore amico Gorde condividevano una compagna umana su Zandia e lei aveva dato loro un bambino che portava in sé entrambi i loro DNA. Sapevo che stava pensando alla sua compagna Danica, poiché stava considerando i rischi.

Una lama affilata di dolore mi trafisse il cuore a quel pensiero.

Kazo.

Io dovevo pensare al mio piccolo...

No. Non potevo pensarci.

Semplicemente. Non. Potevo.

«Sono sicuro. Mettiti l'imbracatura di sicurezza.» Misi la mia saldamente in posizione e mi concentrai su tutti i dati che provenivano dai miei sensori.

Potevo farcela. Per Zandia.

«Ci muoviamo.»

Benn trattenne il respiro mentre la navicella sfrecciava in avanti, nel campo minato di detriti. Manovrai rapidamente, spostandoci su, giù, a destra, in avanti. Potenziali pericoli provenivano da ogni direzione, ma li schivai tutti e la mia fiducia ritornò man mano che ci addentravamo.

Questo era ciò per cui ero nato. Questo era l'unico posto in cui la mia cecità non era un problema, era un miglioramento. La mia abilità speciale. Il mio superpotere, in un certo senso.

Il tempo rallentò. Mi lanciai dentro e fuori dagli spazi tra i detriti finché, finalmente, arrivammo dall'altra parte. Proprio nello spazio aereo di Ocrezia, dove avevano una lacuna nelle loro apparecchiature di sorveglianza.

«Ci siamo» riferì Benn al Maestro Seke, rimasto a Zandia.

«Ben fatto, Tarek» mi elogiò il nostro maestro d'armi.

«Occultamento abilitato» disse Benn, azionando l'interruttore. «Adesso dovremmo essere in grado di superare le basi militari e rilasciare l'equipaggiamento.»

«Fate rapporto quando avrete finito» disse il maestro Seke. «Non fatevi beccare.»

Giusto. La nostra cattura avrebbe potuto scatenare una guerra tra Zandia e Ocretia e la nostra specie non era pronta ad affrontare la superpotenza della galassia. Ancora.

«Meglio morire che essere catturati» mormorò Benn e sapevo che stava pensando di nuovo alla sua famiglia.

Kazo. Perché il maestro Seke aveva selezionato un maschio con una famiglia per questa missione? Io ero sacrificabile, lui no.

Solo che non ero affatto sacrificabile.

Questo pensiero mi colpì come un pugno allo stomaco. Avevo cercato di far finta di non avere mai saputo che Zina fosse incinta. Finto di non aver mai conosciuto l'umana che aveva completamente stravolto la mia vita e tenuto in pugno il mio cuore.

Ma anch'io avevo un figlio a casa. E a causa del mio difetto genetico, sua madre avrebbe potuto non sopravvivere nemmeno alla gravidanza.

La disperazione che mi travolse mi fece quasi piegare in due dal dolore.

Zina.

Non potevo perderla.

Non pensarci.

Avevo una missione che non era ancora completata.

Una volta tornato, avrei potuto affrontare la situazione da cui ero scappato come un codardo.

Mi diressi verso il primo sito militare, facendo attenzione

a restare fuori portata, anche se eravamo occultati. «Dovrebbe essere abbastanza vicino» dissi a Benn.

«Avvio del rilascio dello Spysat» rispose, con le dita che si muovevano sui comandi. Dopo alcuni istanti, segnalò: «Rilascio completato. Prossima posizione.»

Continuammo per il resto della rotazione del pianeta finché tutti gli spysat non furono sganciati. Stavamo per rilasciare l'ultimo e tornare al campo di detriti quando un'esplosione colpì la navicella e scoppiò in una palla di fuoco.

Suonarono gli allarmi. L'acqua si riversò dagli impianti sul soffitto.

«Siamo stati colpiti!» gridò Benn attraverso i dispositivi. «Ripeto, siamo stati colpiti!»

Presi i comandi, ma la navicella non rispondeva. Eravamo in caduta libera.

In caduta libera sul suolo di Ocrezia. Anche se fossimo sopravvissuti alla caduta, avremmo fatto meglio a prendere del veleno e a porre fine alle nostre vite piuttosto che dare agli ocreziani qualche prova del nostro tradimento.

Continuai a manovrare i controlli, sperando di far atterrare questo velivolo in qualche modo.

«Danica!» Benn chiamò la sua compagna per salutarla.

Oh, cavolo.

Mi slacciai l'imbracatura e scattai in piedi. Doveva esserci una via d'uscita da questa situazione.

Pensa, Tarek, pensa.

«Danica, ti amo...»

E il mio piccolo? Non lo avrei mai incontrato. E se la mia preziosa Zina non fosse sopravvissuta, sarebbe rimasto orfano. E fu quel pensiero, più di ogni altro, che determinò la mia decisione. Non ero pronto ad arrendermi e a morire piuttosto che essere fatto prigioniero. Dovevamo lottare per sopravvivere.

Kazo, no!

Attivai l'ossigeno nel casco di volo e mi allacciai la tuta di volo. Sollevai Benn dal suo posto e attivai anche il suo.

«Benn, che succede? Cosa sta succedendo? È un incendio?» Il panico nella voce della campagna mi scosse dalla mia prigione di stupidità autoimposta.

Anch'io avevo una donna che avrei dovuto chiamare. Cosa diavolo c'era che non andava in me? Trascinai Benn sulla capsula di salvataggio e ce lo infilai dentro.

«Stiamo andando giù, Danica. Marea: papà ti ama. Ricordalo sempre, dolcezza.» La sua voce era strozzata mentre parlava alla sua piccola.

Provai ad attivare il dispositivo di comunicazione per chiamare Zina, solo per rendermi conto che lei non ne indossava uno. Che razza di padrone ero stato per lei da non averla nemmeno equipaggiata con un simile dispositivo?

Premetti il pulsante sulla capsula di salvataggio e questa venne lanciata nell'atmosfera, ma eravamo troppo vicini al suolo per galleggiare. Ci tuffammo giù, giù, giù fino a Ocrezia, trascinati dalla pesante gravità del pianeta devastato.

Benn mi guardò e mi fece il tradizionale saluto zandiano. «Per Zandia.»

Eccoci qui. Una fine più rapida di quanto avessi mai immaginato.

«Per Zandia» mormorai.

* * *

Zina

No. Non poteva essere vero.

Iniziai a correre non appena Abbi me lo disse, correndo accanto a lei fino al palazzo, dove ero stata convocata per un briefing.

La navicella di Tarek era affondata. Era stato catturato o era morto.

Come era potuto accadere? Il mio forte e coraggioso guerriero catturato dagli orribili ocreziani. Il padre del mio bambino non ancora nato.

Non poteva essere.

Potevo anche aver pensato di essere andata avanti e di aver deciso di crescere questo piccolo senza di lui. Di concedermi a un altro maschio o a più maschi, ma ora sapevo che era impossibile.

Ero stata creata per Tarek. E lui era mio.

Sapevo che era così.

Doveva tornare indietro da tutto questo. Non poteva essere stato ucciso o catturato.

Arrivammo al palazzo e venni portata in una sala conferenze. Un'altra umana era seduta lì, con in braccio un bambino mezzosangue grassoccio. Un enorme guerriero zandiano sedeva accanto a lei, il suo braccio avvolto in modo protettivo intorno a lei, il viso contratto dalla preoccupazione.

Entrò il maestro Seke. «Volevo informarvi tutti personalmente, poiché siete la famiglia dei guerrieri catturati.»

Scoppiai in lacrime. Era tutto troppo. Ero grata di essere riconosciuta come una di famiglia, ma perdere Tarek, prima a causa della sua rabbia nei miei confronti, ora a causa del nemico, mi lasciava sventrata.

Con mia sorpresa, la porta si aprì ed entrò Enya che si sedette accanto a me. Quando mi prese la mano e la strinse, mi ritornarono le forze.

«Ho ricevuto la comunicazione olografica di Benn poco prima che precipitassero» disse l'altra umana.

«Vorrei vederla» disse il maestro Seke.

Premette un pulsante sul dispositivo e un ologramma apparve al centro del tavolo. Sussultai e mi coprii la bocca con la mano mentre guardavo l'orrore svolgersi. La navicella era in fiamme. L'immagine del guerriero era oscura nel buio. Tarek si muoveva dietro di lui, con la sua presenza gigantesca e massiccia tanto sicura nell'oscurità quanto lo era alla luce. Tarek aiutava Benn con il suo casco e lo trascinava in una sorta di capsula di salvataggio mentre Benn salutava con voce strozzata la sua compagna e la piccola.

Sia io che l'altra umana soffocammo i singhiozzi quando tutto finì. Mi lanciò uno sguardo grato e mi strinse la mano. «Io sono Danica e questo è il mio compagno Gorde e la nostra piccola Marea.»

«Zina» dissi. «E questa è Enya.»

«Va bene» il maestro Seke incrociò le braccia al petto. «Sappiamo che sono riusciti a uscire vivi dalla navicella e sulla capsula di salvataggio. Successivamente, abbiamo perso la capacità di rintracciarli. Ho cinque navicelle dirette al confine dello spazio aereo di Ocrezia, pronte a effettuare un salvataggio se riusciamo ad accertare la loro posizione e capire la situazione. Non li consideriamo morti.»

«Chiedo il permesso di unirmi alla squadra di soccorso» disse Gorde.

Il maestro Seke si pizzicò il ponte del naso. «Negato, Gorde. Mi dispiace. Non è giusto nei confronti di Danica e Marea rischiare la vita in questa operazione. Ecco perché non vi mando insieme in missioni pericolose.»

Un muscolo pulsò nella mascella di Gorde, ma annuì. «Sì maestro.»

«Potete ritornare ai vostri domicili, ma se desiderate restare qui insieme e vegliare nel palazzo, Lady Lamira vi ha invitate a restare. Vi terremo informate su ogni minima notizia che riceveremo.» Il maestro Seke inclinò la testa in segno di rispetto e lasciò la stanza.

Feci un respiro profondo. «Io resto» dissi subito.

«Bene.» Enya mi strinse la mano. «Voglio stare con te.»

La strinsi anche io.

«Restiamo anche noi» disse Danica, con gli occhi pieni di lacrime. «E continueremo a pregare la dolce Madre Terra e l'unica vera Stella zandiana che ritornino sani e salvi.»

Mi toccai l'addome, immaginando di poter percepire il minuscolo embrione al suo interno.

Tarek doveva tornare.

Per entrambi.

CAPITOLO QUATTORDICI

arek

T La nostra capsula di salvataggio precipitò nell'atmosfera di Ocrezia, ma io non ero qui. Ero di nuovo in quel laboratorio di analisi, rendendomi conto che sarei diventato padre.

Sentivo il profumo delle lacrime di Zina mentre la accusavo di avermi ingannato.

Come avevo potuto essere così idiota?

Il mio ultimo momento con l'unica donna che avessi mai amato e l'avevo fatta piangere. E portava in grembo un bambino che non avrei mai conosciuto. E sarebbe stata da sola, senza di me lì a provvedere, proteggere e prendermi cura della nostra famiglia. Che schifo, *kazo*.

Benn era tornato in modalità guerriero, prendendo i controlli limitati per cercare di rallentare la nostra discesa e gestire una sorta di atterraggio.

Ocrezia era un pianeta morto, circondato da un cielo grigio e inquinato, senza sole. Se fossimo sopravvissuti all'atterraggio di fortuna, saremmo sicuramente stati presi dalla polizia di Ocrezia e tenuti come prigionieri politici, torturati e condannati a morte.

Quando fummo abbastanza vicini, Benn rilasciò lo scivolo delle vele ma non si aprì.

Kazo, disse. «*Kazo, kazo, kazo*. Stiamo per schiantarci!» Benn azionò freneticamente i controlli per stabilizzare il velivolo e fermare la rotazione.

Attivai i miei sensori per scansionare l'area per l'atterraggio. «Disabitato» riportai laconico. «Nessuna forma di vita apparente nella zona.» Continuai a scansionare. «Ottantadue gradi, c'è un campo di detriti. Potrebbe attutire l'atterraggio.»

«Oppure ucciderci», mormorò Benn.

Aveva ragione. I detriti non erano necessariamente morbidi.

«Lasciameli» ordinai, assumendo il controllo dei comandi. Forse potevo riuscire a muovermi tra i mucchi di spazzatura, sfiorando solo i bordi quanto bastava per rallentare la nostra velocità. Cambiai l'angolazione della capsula in orizzontale ma ci stavamo ancora muovendo troppo velocemente.

Utilizzai le letture dei sensori per schivare i materiali, lasciando che l'esterno del velivolo urtasse e rimbalzasse sugli ostacoli senza sbattere frontalmente. La navicella urtò e rimbalzò così forte che i miei organi colpirono le ossa e l'imbracatura mi lacerò la pelle, ma continuai ad andare avanti.

Il tempo rallentò. Si dilatò.

Mi applicai sui comandi, senza respirare, il mio cuore si fermò finché, alla fine, la capsula slittò e si bloccò con un tonfo.

«Ce l'abbiamo fatta!» gridò Benn, aprendo il portellone. «È stato un volo incredibile, Tarek. Pensavo che saremmo andati a sbattere tra le fiamme.» Estrasse la spada zandiana e uscì, girando la testa a destra e a sinistra per scrutare l'area.

«Ancora nessuna forma di vita, riferii. Né navicelle dall'alto o in avvicinamento.»

«Allora distruggiamo la capsula e troviamo un posto sicuro mentre elaboriamo un piano.»

Uscii e misi un detonatore sulla capsula di salvataggio. Distruggere immediatamente le prove della nostra violazione dei confini ocreziani era molto più importante di qualsiasi cosa potessimo recuperare dalla capsula.

Scappammo dalla capsula, preparandoci all'esplosione. Quando si spense, non ci guardammo indietro.

* * *

Zina

Lo spazio in cui eravamo ospiti era una sorta di sala di preghiera. O uno spazio di meditazione. Era una stanza a forma di cupola, con un lucernario spalancato e un gigantesco cristallo zandiano sospeso in alto. Il risultato era un prisma arcobaleno di luce che colorava ogni superficie.

A Danica e a me vennero offerti degli occhiali per proteggere gli occhi dalla luce amplificata dei cristalli. Anche la regina era lì, distesa su una poltrona come se stesse facendo il bagno nella luce.

«È un bagno di luce cristallina» ci spiegò Gorde mentre entravamo. «Gli zandiani hanno bisogno del cristallo per alimentare i loro corpi. Gli anziani hanno progettato un bagno leggero come questo per la sontuosa capsula prima che riconquistassimo il nostro pianeta. Ogni zandiano della galassia veniva invitato settimanalmente a fare il bagno e a ritemprarsi.»

Lady Lamira, la regina, si sedette e girò la testa verso di noi. «Sono vivi.»

Danica sussultò.

Gridai. «Come fai a saperlo?»

«La nostra regina ha una capacità speciale» mi disse Gorde, anche se avevo già sentito delle storie. «I cristalli la esaltano.»

«Ho pensato che avremmo dovuto vegliare qui» spiegò Lady Lamira. «Nel caso avessi ricevuto immagini o informazioni.»

«Ed è successo?» Trattenni il respiro.

Scosse la testa. «So solo che sono vivi. Sento ancora le loro energie.»

Le lacrime mi bruciarono gli occhi. «Come possiamo riportarli indietro?»

«Non lo so» disse la regina. «Ma ve lo dirò se ricevo qualcosa.»

Un servitore zandiano camminava lungo il perimetro della stanza accendendo candele dietro cristalli eretti, attivando ancora più arcobaleni nella stanza. L'energia pulsava attraverso le mie cellule e, mentre lo faceva, alcuni dei terribili blocchi nel mio petto si sciolsero.

Mi trascinai su una poltrona e mi portai le ginocchia al petto, dondolandomi come una bambina. Enya, che sembrava aver scambiato il ruolo con me, mi massaggiava la schiena. «È vivo» disse dolcemente. «Andrà tutto bene.»

CAPITOLO QUINDICI

Tarek

«In arrivo.» I miei sensori rilevarono un'altra navicella di guardia di Ocrezia che scansionava l'area cercandoci. Benn e io ci tuffammo in un grande barile di rifiuti ad aspettare. Le nostre tute da volo avrebbero dovuto confondere le nostre tracce di calore, ma chissà quale attrezzatura avevano loro per rilevarci.

Aspettammo finché i sensori non mi dissero che l'area era libera. «Andiamo» dissi dopo qualche altro istante.

Per tre rotazioni planetarie avevamo vagato per questo mucchio di spazzatura, impegnati a riparare una vecchia navicella da rifornimento utilizzando le parti di scarto che avevamo trovato. La navicella era antica e non aveva capacità di navigazione perché non era pensata per volare lontano dall'atmosfera, ma avrebbe potuto portarci fuori dallo spazio aereo di Ocrezia dove potevamo almeno ripristinare le comunicazioni e richiedere assistenza.

«Guarda, Tarek! Voglio dire...» Benn tossì imbarazzato.

«Sto *guardando*» dissi seccamente, girando la testa nella sua direzione. «È un resistore?»

«Sì! Pensavo di poter far partire quell'affare con questo.»

«Grande.» Corsi al suo fianco e insieme tornammo all'antica navicella da rifornimento.

Benn installò la parte. «Va bene. Ecco qui.» Tentò di attivare il motore.

Niente.

«Noooo» gemette Benn. Ritornò all'esterno per lavorare sul motore.

Altri tre tentativi e quell'affare prese vita. Non riuscivo a interpretare nessuna delle letture della navicella perché non erano state programmate per combaciare con il mio sistema di rilevamento, quindi tutto quello che potevo fare era aspettare, trattenendo il respiro, mentre Benn eseguiva i controlli.

«Credo che volerà!» disse dopo aver provato tutto.

«E le comunicazioni?»

«Sono operative. Dovremmo essere in grado di stabilire un contatto una volta fuori dal pianeta.»

«Proviamola.» Mi si strinse lo stomaco. Scrutai l'area intorno a noi. «Tutto libero secondo i miei sensori.»

«Avvio del volo.» Benn sollevò lentamente la navicella in aria. Era vecchia e pesante, ma una volta che prese slancio, il metallo smise di tremare e salimmo di quota.

Eravamo quasi al limite dell'atmosfera quando avvistammo tre navicelle da caccia che si avvicinavano a tutta velocità.

«Navicelle in arrivo, si muovono veloci. Non c'è modo di superarle.»

«E non esiste un sistema di difesa su questa cosa» affermò Benn. «Se andiamo dritti, ci ritroveremo nel campo dei detriti. Questo affare non ha la velocità o la capacità di navigazione per schivare i detriti come hai fatto tu quando siamo arrivati.»

Le navicelle da caccia si avvicinavano. «Dammi i comandi» sbottai, prendendoli prima che lui si muovesse. Ci feci saltare attraverso l'atmosfera. Venimmo immediatamente colpiti da un frammento di metallo, che mandò la navicella in tilt.

Mi sforzai di tirarci fuori da questa situazione, evitando per un pelo tre oggetti che volarono oltre. «Beh, la buona notizia riguardo al campo di detriti è che non ci hanno seguiti.» Mi tirai su con forza per saltare oltre un altro oggetto che sfrecciava.

«E la brutta notizia è che se verremo colpiti da un oggetto tanto grande da buttarci giù, questa volta non avremo alcuna capsula di salvataggio.»

«Tu occupati delle comunicazioni. Io penserò a tenerci in aria.»

C'erano momenti in cui non c'era altra scelta che far funzionare le cose. La morte non era un'opzione, per nessuno di noi due. Avevamo dei piccoli a casa.

Utilizzai ogni abilità che avevo acquisito con i miei impianti per evitare di rimanere schiacciati mentre Benn inviava un segnale di soccorso sulla frequenza zandiana.

«Ricevuto, Benn. Quali sono le tue coordinate?» La voce chiara del capitano Rok arrivò immediatamente, come se stessero aspettando un nostro contatto.

Grazie, *kazo.*

«Indeterminate. Siamo in un campo di detriti su una navicella che funziona a malapena» riferì Benn.

Fornii la mia ipotesi migliore sulle nostre coordinate in base alle letture dei miei sensori.

«Ricevuto. Siete a ventitré leghe dallo spazio libero e viaggiate a cinquantanove gradi. Ci incontreremo lì ed elimineremo ogni potenziale minaccia prima del vostro arrivo.

«Ricevuto. Faremo del nostro meglio per passare» disse

Benn e io annuii, senza osare distogliere l'attenzione dal campo di detriti nemmeno per un millisecondo.

Mi sudavano i palmi, avevo il fiato corto e piatto mentre navigavo attraverso uno strato dopo l'altro di oggetti pericolosi.

Benn restò in silenzio.

Ci volle tutta la mia concentrazione solo per impedirci di rimanere schiacciati. Subimmo un colpo dopo l'altro dagli oggetti più piccoli mentre io schivavo quelli più grandi. Sembrò volerci un'eternità, ma alla fine ci avvicinammo alle coordinate fornite dal capitano Rok. Solo che il campo di detriti era ancora più denso. Non c'era modo di uscirne.

Mi girai e feci un giro, provai a tornare indietro.

Kazo.

Non riuscivo a passare. Era semplicemente troppo denso.

«Vi vediamo nelle nostre coordinate» disse il capitano Rok. «Arriviamo.»

«No... non fatelo» gridai. Nemmeno loro sarebbero sopravvissuti.

Benn sussultò e un attimo dopo capii il perché: un'esplosione scoppiò proprio davanti a noi. «Stanno sparando sulle macerie!» esclamò Benn.

«Mantenete la posizione meglio che potete» disse Rok. «Stiamo cercando di aprirvi la strada.»

Registrai le loro navi: tre di loro, in bilico vicino al bordo, sparavano sui detriti.

Un attimo dopo, vidi un percorso libero. «Mi sto muovendo» gridai.

Cessarono il fuoco e io diedi piena potenza alla navicella, che era ancora dolorosamente lenta.

«Ce l"hai fatta! *Kazo*, ce l'hai fatta, Tarek!» gridò Benn. «Grazie *kazo*! Sono rimasto intrappolato in un campo di detriti con l'unica persona nella galassia in grado di uscirne!»

Ci volle un momento perché le sue parole mi arrivassero.

Le tre navicelle zandiane ci circondarono e magnetizzarono il nostro velivolo per attirarlo. Mentre le mie nocche bianche si rilassavano gradualmente sui controlli, mi resi conto del significato delle parole di Benn.

Eravamo sfuggiti grazie alla mia disabilità. Grazie alla mia diversa abilità.

Non ero difettoso. Ero... altamente qualificato, capace e, in realtà, speciale.

E Zina aveva ragione: usavo la mia cecità come scudo per tenere lontane le persone. L'avevo usata per negarmi la possibilità di accoppiarmi con lei. Di avere una famiglia.

E ora avevo una seconda possibilità.

Presi una profonda boccata d'aria, e poi la lasciai andare. Permisi a Benn di darmi una pacca sulla schiena e di festeggiare.

Eravamo vivi.

Stavamo tornando a casa.

Entrambi avevamo delle famiglie che ci stavano aspettando.

* * *

ZINA

TREMAVO mentre aspettavo sulla pista che la navicella atterrasse. C'erano anche Gorde, Danica e Marea. Arrivarono anche Enya e Bayla, Enya stava accanto a me e mi teneva la mano. Ringraziai la nostra dolce Madre Terra per la sua presenza qui perché una parte di me sarebbe voluta scappare. Mi ero voltata per tornare a casa tre volte, ma ogni volta mi ero fermata.

Quando avevo saputo che Tarek era scappato ed era vivo, avevo pianto di gioia. Ma ora che dovevo affrontarlo davvero, il divario tra noi sembrava troppo ampio. La rabbia nei suoi confronti era tornata. Poteva anche essere ancora vivo, ma non era cambiato nulla. Non voleva né me né questo bambino.

La navicella atterrò e noi ci abbassammo per ripararci dall'aria e ci tappammo le orecchie per non sentire il sibilo del motore. I motori si spensero e il portellone si aprì.

Nel momento in cui comparve l'enorme sagoma di Tarek, il cuore mi balzò in gola. Le lacrime mi bruciavano gli occhi, ma andai avanti.

Volse gli occhi ciechi nella mia direzione e venne a prendermi. Il sollievo per il fatto che non mi stesse scappando mi spronò ad andare avanti. O forse era il mio bisogno di parlare a nome del nostro bambino non ancora nato. Mi avvicinai a lui e gli schiaffeggiai la faccia dalla pelle color lavanda.

Si fermò, sorpreso. «Zina» disse con voce strozzata.

Alzai la mano. «No. Non dire una parola. Ho qualcosa da dirti, Tarek.»

Deglutì. «Va bene.»

«Stai usando la tua cecità come scusa per crogiolarti nelle tue paure. Non c'è niente di sbagliato in te. Contribuisci alla società zandiana tanto quanto qualsiasi guerriero, e se mai oserai credere che nostro figlio sia inferiore perché lui o lei ha i tuoi geni, *ti schiaccerò*.»

Era una minaccia ridicola, dal momento che non sarei riuscita a schiacciargli il mignolo, ma ero seria su ogni parola.

«Amo il nostro piccolo e non ti permetterò di sminuirlo, indipendentemente dal fatto che finisca per diventare cieca o no.»

Uno sguardo strano apparve sul volto di Tarek. «Una lei?»

«Oppure un lui.» Mi misi la mano sull'addome.

Inclinò la testa in quella direzione come se stesse seguendo il movimento con i suoi sensori.

E poi mi scioccò cadendo in ginocchio e coprendomi la pancia con il suo grande palmo. «Anch'io amo il nostro piccolo» gracchiò con voce rauca. «E mi dispiace di aver reagito così male. Mi vergogno di me stesso. Zina, quando ero là fuori nel territorio di Ocrezia, incerto se saremmo sopravvissuti o morti, mi ha distrutto sapere che le ultime parole che ti ho detto ti avevano fatta piangere.»

«Sapere che forse non sarei mai più riuscito a toccarti. Oppure ridere con te. Oppure stare con il nostro piccolo. E hai ragione: non importa se avrà i miei geni o no. Ciò che conta è che sia nostro. Tuo e mio. Ciò che conta è che voglio... *kazo*, ho bisogno che siamo una famiglia. Voglio prendermi cura di te, farti ridere e darti piacere.»

Quando gli misi una mano sulla testa e feci scorrere leggermente il pollice sulla sua antenna, lui fece scivolare la mano sul mio sedere e strinse.

«Voglio essere quello che ti domina» disse a voce più bassa. Un tono che prometteva piacere.

Caddi contro di lui, gettandogli le braccia al collo e mettendomi a cavalcioni della sua vita mentre era ancora inginocchiato.

Ridacchiò e mi toccò il collo, mi sfiorò la pelle con i denti, stuzzicandomi con qualche tocco di lingua.

Bayla si schiarì la voce da dove stavano lei ed Enya, a pochi passi di distanza. «Enya e io vi lasciamo soli, allora» esclamò. «Siamo lieti che tu sia tornato a casa sano e salvo, Tarek.»

Fece un cenno assente.

Strinsi le cosce attorno a lui, mi strinsi sul rigonfiamento del suo cazzo indurito.

«Sento la tua eccitazione, piccola umana.»

Gli strinsi entrambe le antenne e lui ringhiò sorpreso, il

suo cazzo teso tra di noi. «Ho bisogno di te, Tarek» mormorai, con la voce abbastanza roca da trasmettere esattamente il modo in cui avevo bisogno di lui.

«*Kazo*» ringhiò e si alzò in piedi. Continuavo a stringergli e strattonargli le antenne mentre camminava-correva fino al mio dormitorio, dove mi fece sedere sul lettino e cadde in ginocchio sul pavimento davanti a me.

«Togli le mutandine, piccola umana.»

Mi affrettai a obbedire, la mia fessura già piangeva per lui. Nel momento in cui le tolsi, mi allargò le ginocchia e nascose la faccia tra le mie gambe. Sussultai per lo shock di piacere quando la sua lingua vellutata esplorò le mie pieghe. Forse non era in grado di vedere, ma Tarek lasciava che il suo senso del tatto gli aprisse la strada. Le sue dita strinsero più forte le mie cosce quando mi contorsi.

Urlai quando trovò il clitoride. «Tarek» ansimai, poi mi ricordai di stuzzicargli le antenne. Nel momento in cui le toccai di nuovo, accelerò il ritmo della lingua, i suoi movimenti divennero frenetici.

Persi la testa, stringendogli le antenne, contorcendomi sotto la sua lingua. Mi avvitò un grosso dito dentro e iniziò a pomparlo e io gemetti, prossima al rilascio.

«Ecco fatto, Zina» disse rudemente. «Fammi sentire le tue grida. Voglio sapere quando ti fa stare bene.»

«Sto bene! È bellissimo.» Le parole mi scapparono velocemente. Inserì un secondo dito e mi tremò la pancia per la contrazione del pavimento pelvico.

«Sì... per favore, Tarek.»

«Per favore, cosa, piccola umana? Per favore, lasciami venire?»

«Sì!»

Tolse il dito e alzò la testa. «Non credo.»

«C-cosa?» Ansimai, riuscivo a malapena a pensare lucidamente.

«Voglio venire dentro di te» disse, alzandosi in piedi e stringendo la sua erezione da sopra i pantaloni da volo.

Presi la sua tunica e ci avvolsi il pugno, tirandolo giù sopra di me. Ridacchiai mentre cadeva su di me, sostenendo il suo peso con le braccia, baciandomi.

«Sbrigati, Tarek» lo incitai, alla disperata ricerca di liberazione.

Rise di nuovo. «Ne hai bisogno, piccola umana?» Liberò la sua erezione.

«Sì» sospirai, cercando di prenderlo. Lo guidai dentro di me e lui spinse in profondità, allargandomi con la sua circonferenza. Gemetti di soddisfazione. Era così bello.

«*Kazo*, Zina. Come ho potuto negare che siamo fatti l'uno per l'altra?»

«Non lo so, come hai potuto?»

Andò più a fondo. Più veloce. «Ho intenzione di farmi perdonare.» Il suo respiro si fece affannato. «Da te e dal piccolo.»

Ero già pronta ad esplodere.

Il lettino dondolava contro il muro, colpendolo a ogni spinta selvaggia.

«Ora, Zina» grugnì Tarek.

«Che cosa? Oh!»

Si spinse in profondità e restò lì, mentre il suo seme caldo mi riempiva.

I miei muscoli si contrassero e pulsarono attorno al suo grosso cazzo viola, mungendo lo sperma color arcobaleno in un glorioso rilascio.

Tarek mi massaggiò il collo. «Ti amo, Zina. Mi dispiace di aver avuto la testa così infilata nel culo da non poterlo accettare.»

Inspirai il suo profumo, mi aggrappai alle sue braccia forti. «Ti amo anch'io, Tarek», sospirai. «Sei l'unico maschio per me.»

EPILOGO

T *arek*

«Le luci sulla navicella brillano – brillano, brillano, brillano, brillano, brillano – brillano, le luci sulla navicella brillano, brillano, brillano, in tutto il cielo!» In una cupola di addestramento, cantava un coro di piccole voci, guidato dalla voce più dolce di tutte, quella della mia compagna.

Entrai nella stanza, con un sorriso sul viso.

Non avevo bisogno di vederla per sapere quanto era bella, in piedi in un cerchio di minuscoli mezzosangue con la pancia piena del nostro bambino.

Zina aveva aperto una scuola materna dove lei, alcune altre umane e due anziane donne zandiane si prendevano cura dei piccoli della comunità, insegnando loro una miscela di cultura umana e zandiana.

Lei e la sua amica Abbi si erano impegnate a raccogliere le canzoni e le storie umane che erano state tramandate di generazione in generazione, molte delle quali originarie della Terra, prima che gli ocreziani prendessero il sopravvento sul pianeta e riducessero tutti gli umani in schiavitù.

Era davvero dotata nel gestire i piccoli, che erano cento volte più emotivi e irrazionali degli umani adulti, nonostante i loro geni zandiani. Li incoraggiava, coccolava e reindirizzava, in qualche modo mantenendo l'intero gruppo non solo in ordine, ma felice e prospero.

E ridevo ogni volta che ricordavo la mia dolce compagna che tentava di imparare la navigazione, quando la sua vera vocazione era così evidente qui.

Mi avvicinai dietro di lei e la circondai con le braccia, posando i palmi delle mani sul suo ventre sodo e gonfio.

I bambini ridacchiarono.

«Dite *ciao* al guerriero Tarek.»

«Ciao, guerriero Tarek» gridarono tutti in coro, seguiti da altre risatine.

Zina alzò il viso verso il mio e io le rubai un bacio veloce. I miei sensori registrarono i frammenti del mio cristallo zandiano nel suo naso e nei lobi delle orecchie, che la segnavano come mia compagna.

Sì, era vero. Adesso ero ufficialmente accoppiato, qualcosa che non avrei mai creduto potesse accadere. Quando ero tornato dalla missione Spysat, avevo chiesto la dispensa a re Zander per accoppiarmi con Zina e lui me l'aveva concessa.

«Va bene, bambini, i vostri genitori saranno qui da un momento all'altro. Per favore, andate al vostro armadietto e recuperate le vostre cose, poi tornate indietro e sedetevi sul tappeto.»

Miracolosamente tutti le obbedirono, anche i più piccoli.

Scossi la testa meravigliato. «Non so come fai. Sei davvero un dono per Zandia.»

Percepii il suo sorriso, il suo calore ancor prima di notare il feedback dei sensori. Ma non era insolito. A volte sentivo l'amore che sgorgava da lei, riempiendomi il petto di calore.

Era come se la mia mancanza di vista mi permettesse di percepire cose che nessun altro poteva cogliere.

E non avrei rinunciato a questo per nulla al mondo.

«Dai, faremo tardi.» Tirai la mano di Zina. Oggi avevamo un controllo con il dottor Daneth per il bambino. Anche se mi ero rassegnato a qualunque cosa potesse accadere al nostro piccolo, ero ancora nervoso. La mia paura di perdere Zina nello stesso modo in cui mio padre aveva perso mia madre mi teneva sveglio la notte, anche se il dottor Daneth garantiva che i progressi della medicina non avrebbero mai permesso che uno scenario del genere si verificasse.

«Va bene, devo scappare, ci pensi tu?» chiese Zina a una delle anziane zandiane. La vecchia femmina annuì con un sorriso sereno. Erano rimasti così pochi anziani nella nostra società, ma quelli rimasti trovavano la massima gloria nel ritorno della nostra specie sul nostro pianeta e nella nostra nuova generazione di mezzosangue.

Intrecciai le mie grosse dita in quelle sottili di Zina e attraversammo il cortile fino al centro medico del dottor Daneth.

Zina mi strinse la mano quando entrammo. «Non c'è niente di cui preoccuparsi.»

La tirai contro il mio corpo e le diedi un bacio di fuoco. «È così dannatamente dolce, *kazo*» le dissi tra un bacio e l'altro. «Il mio fragile essere umano che conforta il suo guerriero.»

Sentii l'impeto dell'amore riversarsi da lei. «Andrà tutto bene.» Mi mise la mano sul viso.

Sentii una gola schiarirsi e lasciai andare la mia sposa, voltandomi verso Riya, il tecnico medico. «Zina, per favore, indossa questo camice e siediti sul lettino. Farò sapere al dottor Daneth che sei pronta per l'esame.»

Aiutai Zina a togliersi i vestiti e a indossare il camice. Certo, non aveva bisogno del mio aiuto, ma non potevo aiutarla in nessun altro modo a far crescere i nostri piccoli. Le femmine sopportavano così tanto.

Il dottor Daneth entrò, prese alcuni campioni di sangue e li mise in una macchina per l'analisi. Poi usò un piccolo monitor sopra la sua pancia. Un ologramma spuntò nello spazio sopra la sua pancia proiettando ciò che c'era dentro.

Non riuscivo a vedere gli ologrammi, ma quando Zina sussultò, quasi le schiacciai la mano nella mia.

«Ha il pollice in bocca, Tarek!» esclamò Zina. «È così incredibilmente carino.» Sentivo le lacrime nella voce di Zina e i miei occhi si riempirono di lacrime all'istante, anche se i guerrieri non piangevano mai.

«E sei sicuro che sia una femmina?»

«Sicuramente» disse il dottor Daneth. Ce lo aveva già detto in passato, ma continuavo a ricontrollare più e più volte tutto ciò che ci diceva.

«E… gli occhi? La sua vista?»

Daneth spense il monitor e andò alla macchina per l'analisi del sangue. Questa era la data in cui aveva detto che la mutazione genetica avrebbe dovuto manifestarsi. Ci aveva detto che, se non avesse mostrato il cambiamento in questa fase, allora era al sicuro. Naturalmente aveva anche detto che non c'erano garanzie.

«I suoi geni sembrano essere una normale miscela di umani e zandiani. Non vedo alcuna mutazione genetica.»

Espirai rumorosamente, poi presi Zina tra le braccia, piazzandole baci lungo tutta l'attaccatura dei capelli, le guance, la fronte. «Sta bene. È al sicuro. Starà bene.»

«Sarà perfetta, qualunque cosa accada» disse Zina. Era quello che aveva detto fin dall'inizio.

«Lo so, ma sono così felice. La amo così tanto.» Stelle, ora la mia voce era strozzata.

«Anche io.» Il profumo salato delle lacrime di Zina mi raggiunse e la strinsi più forte.

«Abbiamo finito qui, dottore?» Perché dovevo portare a casa la mia compagna e farle perdere i sensi. Dovevo sculacciarle il culo come piaceva a lei e poi leccarla finché non avesse ululato.

«Sì, abbiamo finito.» Il dottor Daneth lasciò la stanza e io tolsi il camice a Zina.

Il cazzo si tese quando i miei sensori rilevarono la sua nudità: la forma e la curva del suo seno gonfio, la grande pancia, le natiche arrotondate.

«Non qui, Tarek» ridacchiò Zina, indovinando i miei pensieri.

«Giusto» dissi, afferrandole i vestiti e aiutandola a infilarseli addosso. «Andiamo, piccola umana. Ho bisogno di farti urlare.»

Il profumo della sua eccitazione mi raggiunse e mi spinse verso la porta.

«L'ultimo che arriva a casa è un uovo marcio» disse, lanciandomi qualche arcana espressione umana che aveva scoperto e partendo di corsa.

Ringhiai e la inseguii, afferrandola con un solo passo e trascinandola tra le mie braccia.

«Pensi che ti lascerei correre fino a casa, piccola umana? Mai. Non vai da nessuna parte se non tra le mie braccia.»

Lei rise piano. «Stupido maschio» mormorò contro il mio collo. «Ti amo tanto.»

«Ti adoro, bellissima femmina.»

OTTIENI IL TUO LIBRO GRATIS!

Iscrivetevi alla newsletter di Renee per ricevere Indomita, scene bonus gratuite e notifiche riguardo a nuove pubblicazioni!

https://subscribepage.com/reneeroseit

ALTRI LIBRI DI RENEE ROSE

Un premio per l'Alfa

Una Sfida per l'alfa

Obsession Alfa

Desiderio Alfa

Guerra Alfa

Missione Alfa

Tormento Alfa

Segreto Alfa

La Preda dell'Alfa

Il sole dell'Alfa

Sangue Alfa

La luna dell'Alfa

Giuramento Alfa

La vendetta dell'Alfa

Fuoco Alfa

Salvataggio Alfa

Ordine Alfa

Wolf Ranch

Brutale

Selvaggio

Animalesco

Disumano

Feroce

Spietato

Due Segni

Indomita (gratuito)

Tentazione

L'AUTORE RENEE ROSE

L'autrice oggi bestseller negli Stati Uniti Renee Rose ama gli eroi alfa dominanti dal linguaggio sboccato! Ha venduto oltre un milione di copie dei suoi romanzi bollenti, con variabili livelli di erotismo. I suoi libri sono comparsi su *USA Today's Happily Ever After* e *Popsugar*. Nominata *Migliore autrice erotica da Eroticon USA* nel 2013, ha vinto come autrice antologica e di fantascienza preferita dello *Spunky and Sassy*, come miglior romanzo storico sul *The Romance Reviews* e migliore coppia e autrice di fantascienza, paranormale, storica, erotica ed ageplay dello *Spanking Romance Reviews*. È entrata dieci volte nella lista di *USA Today* con varie antologie.

Iscrivetevi alla newsletter di Renee per ricevere scene bonus gratuite e notifiche riguardo a nuove pubblicazioni!
https://www.subscribepage.com/reneeroseit

facebook.com/Autrice-Renee-Rose-101548325414563
instagram.com/reneeroseromance
tiktok.com/@reneeroseromance